손절의 기술

에너지 뱀파이어로부터 나를 지키는 법

손절의 기술

에너지 뱀파이어로부터 나를 지키는 법

ⓒ 박정한 2026

초판 1쇄	2026년 1월 30일		
지은이	박정한		
출판책임	박성규	펴낸이	이정원
편집주간	선우미정	펴낸곳	도서출판 들녘
기획이사	이지윤	등록일자	1987년 12월 12일
편집진행	이수연	등록번호	10-156
디자인진행	조예진	주소	경기도 파주시 회동길 198
편집	김혜민	전화	031-955-7374 (대표)
마케팅	이동하		031-955-7389 (편집)
경영지원	나수정	팩스	031-955-7393
제작관리	구법모	이메일	dulnyouk@dulnyouk.co.kr
물류관리	엄철용		

ISBN 979-11-7610-005-2 (03810)

에너지 뱀파이어로부터 나를 지키는 법
손절의
박정한 지음
들녘
기술

차례

프롤로그 :
지금이
바로
손절해야 할 때

연일 한파특보가 이어지는 추운 겨울, A와 친구들은 추위를 잠시나마 피하기 위해 따뜻한 베트남으로 여행을 가기로 했다. 특히 A에게 이번 여행은 첫 해외여행이라 더욱 기대가 컸다. 가장 친한 친구들과 소중한 추억을 만들리라.

마침내 여행 당일이 되어 공항에 갔을 때 A는 설레는 마음에 날아갈 것만 같았다. 그런데 아까 마신 커피가 잘못되었을까, 출국심사를 위해 줄을 서 있던 중 갑자기 배가 살살 아파 와 여권과 지갑을 여행 가방 위에 던져두고 화장실로 뛰어갔다. 잠시 후 화장실에서 돌아온 A는 여기저기 둘러보고 바지 주머니와 가방까지 뒤져보더니 떨리는 목소리로 말했다.

"얘들아, 큰일 났어. 여권이랑 지갑이 안 보여. 아까 분명히 손에 들고 있었는데….”

친구들은 당황했고, 그중 Z가 말했다.

"내가 줄 서 있을 테니까 너희들은 아까 있던 자리 가서 찾아봐.”

A와 다른 친구들은 급히 원래 있던 곳으로 돌아가 애타게 찾아보았지만, 끝내 여권도 지갑도 발견하지 못했다. 이대로 여행을 못 가게 되는 것인가. A는 눈앞이 캄캄해졌다. 그때, 멀리서 Z가 소리쳤다.

"A, 네 여권 여기 있어! 다들 이리 와봐. 사실 아까 네가 떨어뜨린 거 내가 주워뒀지롱. 근데 지갑까지 잃어버린 줄은 몰랐네.”

그렇게 무사히 비행기에 탑승해 몇 시간 후 베트남에 도착했지만, A는 본격적인 여행을 시작하기 전부터 친구들에게 폐를 끼친 것 같아 죄인처럼 고개를 숙이고 눈치만 살폈다. 그런 A가 걱정됐는지 Z가 말했다.

"A야, 기분 풀어. 네가 그렇게 풀이 죽어 있으니

내 마음이 다 아프네. 에잇! 기분이다! 내가 오늘 A를 위해 풀코스로 다 쏠게!"

Z는 유명 식당에서 모든 메뉴를 다 시키고, 친구들에게 커피와 기념 티셔츠까지 돌렸다. 친구들은 그런 Z를 멋있다며 치켜세웠지만, A는 그럴수록 고맙고 미안한 마음에 더더욱 어쩔 줄 몰랐다.

그렇게 길고 길었던 여행 첫날 일정을 모두 마쳤다. A가 피곤한 몸을 이끌고 숙소에 도착해 쉬고 있는데, 갑자기 단체 대화방에 알림이 울렸다. Z가 동영상을 올린 것이었다. 재생 버튼을 누르자, 공항에서 지갑과 여권을 잃어버려 넋이 나간 A의 얼굴이 화면 가득 들어왔다. 누군가 멀리서 줌인하여 촬영한 영상 속에서, A는 울먹이며 쓰레기통까지 뒤지고 있었다. 화면 밖에서 Z가 킥킥거리는 낮은 웃음소리가 들렸다.

"이게 뭐야…?"

A가 멍하게 묻자, Z는 가방에서 A의 지갑을 꺼내 침대 위로 던졌다. 툭. 지갑 안은 텅 비어 있었다.

"사실 아까 공항에서 너 화장실 갈 때 내가 숨겼

어. 진짜 하루 종일 웃겨서 죽는 줄 알았네."

A는 손까지 파르르 떨렸다.

"그럼 오늘 쓴 돈이…?"

"당연히 네 돈이지. 야, 네 덕분에 나 오늘 완전 신이었다? 애들이 좋아했으면 된 거 아냐? 모처럼 크게 한턱냈다고 생각해."

이제 A는 할 말을 잃었다. Z는 분노로 굳어버린 A의 어깨를 툭 치며 말을 이었다.

"네가 평소에 너무 덤벙대서 내가 참교육을 해준 거야. 이번 기회에 정신 좀 차려. 야, 너 나한테 고맙단 말은 안 하냐? 내가 너 애들한테 점수 따게 해줬잖아. 안 그래?"

✕✕✕✕✕

문득 그런 날이 있다. 밤늦게 지친 몸을 이끌고 집으로 돌아왔을 때 창밖으로 보이는 어둠에 잠긴 거리, 그 위로 번지는 네온사인이 내 마음을 어루만지는 듯한 날. 잠깐 숨을 돌리다가 지나온 시간을 돌아보며 질문하게 된다.

'나라는 존재가 어쩌다 여기까지 왔지?'

아득한 질문이지만, 대답은 의외로 간단하다. 나
름 열심히 살아왔기 때문이다. 부족하고 서툴렀던
순간들도 많았지만, 포기하지 않고 멋지게, 올바르
게 살아온 스스로가 대견하다. 돌이켜보면 나를 살
아오게 만든 건 사람들이었다. 지쳐 쓰러질 것 같은
날 내 손을 꼭 잡아준 사람, 모든 게 무너지는 줄 알
았던 순간 "너는 잘하고 있어" 한마디로 나를 일으켜
준 사람, 아무 말 없이, 아무 조건 없이 내 옆을 지켜
준 고마운 사람. 운이 좋았다. 사랑하는 가족들, 힘
이 되어준 친지들, 항상 곁에 있어준 친구들 덕분에
행복하게 살아왔고, 앞으로도 그럴 수 있을 것 같다.
받은 사랑은 셀 수 없이 많고, 받은 응원은 헤아릴
수 없을 정도로 크다. 내가 부서지지 않고 무탈하게
잘 지내고 있는 것은 그 덕분이다. 진심으로 모두에
게 감사를 전한다. 내 힘만으로는 절대 여기까지 올

수 없었을 것이다.

하. 지. 만.

내가 강해진 것이 꼭 고마운 사람들 때문만은 아니다. 세상이 그렇게 아름답기만 했다면 내가 이렇게 방어력과 회피력을 키웠을 리가 없다. 이 세상은 고마운 사람 못지않게 별별 괴짜들로 가득 차 있다. 어디서 튀어나온 건지 모를 이상한 인간들이, 부드러운 미소 뒤에 본심을 숨기며 뒤통수를 치고, 친한 척 디가와 이유 없이 발복을 잡는다. 처음에는 이해할 수 없었다.

'왜? 도대체 나한테 왜 이러는 거냐고?'

내가 뭘 잘못했나 의심해본 적도 있다. 하지만 시간이 지나면서 깨달았다. 이상한 사람이 이상한 데에 반드시 이유가 있는 것은 아님을, 내 상식이 통하지 않는 차원도 존재한다는 것을.

어쩌면 이 세상은… 던전이다.

꼭 웹소설 제목처럼 '친구인 줄 알고 파티를 맺었더니 몬스터'였던 경우가 수두룩했다. 세상을 만만하게 봐서는 안 된다. 나는 항상 마음속에 지니고 수시로 되뇌며 살아가는 말이 있다.

인생의 성공은 좋은 사람을 얼마나 많이 만나느냐가 아니라, 이상한 놈을 얼마나 덜 만나느냐에 달렸다.

수없이 피땀눈물을 흘린 끝에 깨우친 경험이다. 참 좋고 고마운 사람도 많지만, 그 못지않게 빌런들이 셀 수 없이 많다. 이들과 공존하기 위해선 갑옷 하나쯤은 챙기고 살아야 한다. 삶은 마치 장미 꽃밭을 걷는 것과도 같다. 아름다움을 즐기되 가시덩쿨로부터 내 몸을 보호해야 한다. 무작정 의심하진 말되 섣불리 마음을 열지 않고, 따뜻함을 믿되 내 온기를 함부로 내주지 않는다. 좋은 사람을 만났을 땐 진심으로 감사해하며 손을 내밀고, 이상한 사람이다 싶을 땐 과감히 손을 놓아야 한다.

이 책은 우리가 살아가며 주변에서 무조건 한 번 쯤은 겪을 법한 이야기들을 담았다.

1장 「에너지 뱀파이어의 18가지 그림자」에서는 내 에너지를 있는 대로 빨아먹고 나를 고통에 빠뜨린 인 간들에 대해 이야기하겠다. 아프고 억울했던 기억 들, 차마 그때는 못 했던 말들을 이 자리에서 실컷 털어놓겠다. 독자들도 '아, 나만 당한 게 아니었구나' 하고 고개를 끄덕이며 속 시원해하길 바란다.

2장 「나를 지키는 셀프 멘탈 강화 훈련」에서는 상 처 속에서도 살아남기 위해, 더 단단해지기 위해 어 떤 마음가짐이 필요한가를 풀어낸다. 스스로에게 '네가 참아' 말하며 고통을 꾹꾹 눌러 삼키기보다는, 과감히 내 편을 들어주는 법, 어설프게라도 나를 믿 고 다독이는 법을 발견할 수 있었으면 한다.

3장 「에너지 뱀파이어 없는 세상을 꿈꾸며」에서 는 흡혈귀 같은 인간들을 수없이 만나고 그때마다 마음을 다잡으려 애써온 시간들 속에서 생각한 것들 을 담았다. '이렇게 살아간다면, 조금만 서로에게 다

정해진다면 좀 더 살 만한 세상이 되지 않을까?' 그렇게 바라본 세상과 거기에 외쳐주고 싶은 말들을 이야기한다. 독자님들께 비록 작고 따뜻함은 덜할지라도 그 누구보다 단단한 응원을 해드리고 싶다.

다소 강한 어조를 선택한 것은 읽는 이의 속을 시원하게 해주는 책을 쓰고 싶었기 때문이다. 누구도 쉽게 해주지 않았던 말, 하지만 분명히 필요한 말들을 적고자 했다. 부드러운 위로 대신 날것 그대로의 감정을 말하는 이 책이 독자들의 억눌린 마음을 건드려주어, 숨겨뒀던 분노와 슬픔을 해방하는 계기가 되기를 바란다. 당신의 속마음을 외쳐주는, 단단하고 거침없는 친구가 되고 싶다.

1장

에너지 뱀파이어의 18가지 그림자

난 원래 그래

이런 말을 앵무새처럼 입에 달고 사는 사람들이 주위에 꼭 하나씩은 있다.

"늦을 수도 있지, 나는 원래 잠이 많아."
"나 원래 이거 안 먹는데 왜 시켰어?"
"알잖아, 나 원래 짜증이 많고 화도 잘 내는 거."

그러냐? 근데, 뭐… 어쩌라고. 네가 원래 그런데 나보고 뭐 어쩌란 말인가. 비위라도 맞춰달라고? 다 떠나서 네가 잘못했으면 인정하고 사과를 해야지…. 생각할수록 어처구니가 없다. 무슨 말도 안 되는 논리를 불리할 때마다 치트키처럼 들이밀고 있으니.

이런 사람들의 마인드 기저에는 상대를 자신보다 깔아보는 태도가 자리하고 있다. 자신의 잘못으로, 아니 백번 양보하여 서로의 과실로 갈등 상황이 생겨도 "아니, 나는 원래 이런 사람이라니까!" 하며 책임을 온전히 상대에게 떠넘긴다. 늘상 하고 싶은 대로 행동하며 주위 사람들까지 자기 입맛대로 맞추려 한다. 오죽하면 주위 사람들이 "네가 좀 참아, 쟤 '원래' 저러잖아"라며 나를 설득한다. 그 말의 속뜻은 '너만 참으면 모두가 편해져. 조금만 손해 봐줘'이다.

실제로 이렇게 억울한 상황들이 생각보다 자주, 교묘하게 벌어진다. 이건 이기적인 태도일 뿐 아니라, 아주 못된 심보이다. 나도 원래 '원래' 타령하는 놈들을 혼내주는 사람이란 걸 알려주고 싶다. '원래'라는 단어를 조금 더 깊이 생각해봐라. 너라는 존재는 태어났을 때부터 본디 그런 스탯으로 설정되어 나왔단 말이냐? 일정한 출력값으로 출력되었니? 신생아실에서 답답하다며 간호사를 꾸짖고, 부모님과

선생님들에게 훈육을 받을 때도 무조건 성질을 냈느냐 말이다. 등산 중에 300킬로그램짜리 곰을 만나도 '태초의 특성'대로, '원래'대로 행동할 수 있을까? 그렇다면 나도 그만 인정하고 맞춰줄까, 한 번쯤 생각은 해볼 수 있을지도.

"난 원래 그래."
"세상은 원래 그래."
"인생은 원래 그래."
"원래 될 놈만 되고, 안 될 놈은 뭘 해도 안 되는 거야."

과연 그럴까? '원래'라는 말은 진리가 아니다. 오히려 경계해야 할 말이다. 이런 말들은 모든 것을 한정 짓고 가능성을 닫아버리는 자기 파괴적 언어다. 어째서 자기 파괴적이냐 하면, 이러한 언어를 반복하여 사용하다 보면 무의식적으로 뇌에서 그대로 받아들이기 때문이다. 자신도 모르게 틀 안에 스스로를 가두고 못 나가게 벽을 세운다. 그러니 한 걸음만 물러서서, 지금까지 자신을 가로막아온 이 부정적인

  ❶장 | 에너지 뱀파이어의 18가지 그림자

틀들을 들여다보고, 뚫고 나갈 방법을 생각해보자.
그래야만 새로운 길이 열리고 진짜 변화를 경험할
수 있다.

××××××

너 다른 사람들이 뒤에서
뭐라고 하는 줄 알아?

누군가가 "내가 진짜 너 생각해서 하는 말인데…" "이런 말까지는 안 하려고 했는데 너를 위해서…" 같은 말로 대화를 시작하면, 본론을 듣기도 전에 온몸이 경직된다. 뒷이야기는 분명 부정적인 내용일 테니 굳이 듣고 싶지 않지만, 너무나도 친절한 이 전달자는 나를 위해서라며 마치 아웃사이더처럼 속사포로 말을 쏟아내며 충격을 선사한다.

예로부터 뒷말하는 사람보다 그 말을 '전달하는 사람'을 조심하라는 말이 있다. 정말로 친구로서 내가 욕을 먹는 게 싫어서 선량한 마음으로 알려주는 건지, 내 기분을 망치고 싶어서 굳이 전해주는 것인지 피아식별이 쉽지 않다. 하지만 한 가지, 진짜 친구라면 누가 내 뒷담화를 했을 때 그 자리에서 내 편을 들며 화를 내줬으리라는 것만은 분명하다. 그럴 수 없는 상황이었다 하더라도, 나에게 전달할 때는 "아무개 앞에서는 되도록 말을 아끼는 게 좋겠어" "그 사람은 좀 멀리하는 게 나을 것 같아" 정도로 조심스럽게, 최소한의 정보만 전하지 않을까. 내가 상처받을 수 있는 디테일을 숨기고, 내 기분이 상하지 않도록 배려하면서.

적어도 마치 현장 리포팅이라도 하듯 상대방이 했던 말을 토씨 하나 안 틀리고 그대로 전달하지는 않을 것이다. 보통 전달자는 내가 상처받길 원하고 동시에 이간질로 또 다른 다툼이 생기기를 바라고 있다. 평소 내게 불만이 있었지만 정작 본인 입으로는 말 못 하고, 남의 말을 빌려 대신 공격하는 방식이다. 그러면서 '나는 너처럼 다른 사람들에게 욕 안 먹는다'는 우월감을 느낀다.

대개 사람 100명이 있다면 그중 98명은 나에 대해 별생각이 없다. 그런데 이 핏불테리어 같은 전달자는 단 한 명이 던진 말을 꽉 물고 늘어지며 과장해서 전달한다. 마치 100명이 전부 나를 욕한 것처럼 거창하게 말이다. 그런데 사실 그 한 명의 말조차 별거아닐 수도 있으니 크게 신경 안 써도 된다. 오히려그 말에 열을 내면 그들이 원하던 반응을 보여주는꼴이니 지는 것과 마찬가지다. 이런 류에게 있어 전달은 정말 좋은 공격 수단이다. 본인이 하고 싶은 이야기를 욕 안 먹고 할 수 있는 데다, 그럴듯하게 포장하여 실컷 때리면서 걱정하는 이미지까지 챙길 수있다.

우리는 이런 사람들을 극도로 경계해야 한다. 가능하면 아예 관계를 끊는 것이 좋다. 이들의 비겁한방식에 말려들어 내 하루를 망칠 필요도, 감정을 소모할 이유도 없다. 앞으로 누가 뒷담을 전하려 한다면, 듣기도 전에 딱 잘라야 한다. "아니야, 괜찮아.굳이 그런 이야기까지 듣고 싶지 않아"라고 말하며원천봉쇄하는 것이다. 걱정하는 척을 빙자해 자신의 갈증을 해소하려는 인간들의 입을 막아버림으로써 갑갑함을 안겨주자.

물론 누군가 내 욕을 하고 있었다는 사실을 듣게

 ❶장 | 에너지 뱀파이어의 18가지 그림자

되면 기분 나쁜 건 당연하다. 하지만 생각해보면 임금님도 대통령도 뒤에서는 욕을 먹는다. 우리 역시 선배나 직장 상사에게 하고 싶은 말을 앞에서는 꾹 참고, 뒤에서 궁시렁대지 않는가. 그냥 우리가 잘 살고 있다는 증거라고 생각하자. 정면에서는 무서워서 감히 나에게 직접 말 못 하고 비스듬히 공격한다고 생각하자. 사소한 말 하나하나 갚아주려 한다면 큰사람이 될 수 없으니 넓은 아량으로 코웃음 치고 넘어가자.

나는 이상하게 너한테 정이 안 가더라

이유 없이 나를 싫어하는 사람이 있다. 내가 한 행동을 다시 보기 하듯 되짚어보고 되짚어봐도 도저히 이해되지 않는다. 객관적으로 생각해보고, 제삼자에게 물어봐도 도무지 나의 잘못은 없는데 이상하게 나를 미워한다. 혼자서 이런저런 별의별 우주적 차원까지 생각하게 하며 나를 돌아버리게 만드는 유형. 이런 사람들이 나를 싫어하는 데는 정말로 이유가 없을 수도 있고 설령 있다고 한들 시기, 질투, 오해, 성격 차이와 같은 아주 사적이고 편협한 이유일 가능성이 크다. 원인을 파악하고 논리적으로 해결하려 해도 이런 사람들은 도통 알 수 없는 존재라 점점 상대하는 데 한계를 느끼게 된다.

 ❶장 | 에너지 뱀파이어의 18가지 그림자

사실 우린 모두 전투 민족의 후예답게 한 성질 하기에 일기토하고 영원히 안 보면 그만이다. 하지만 공교롭게 하늘은 이런 사람들을 꼭 직장 상사와 같이 내가 함부로 대할 수 없는 불편한 인물로 내려주신다. 그러나 너무 스트레스를 받을 필요도 없다. 지가 뭔데 고귀한 나를 그렇게 함부로 대한단 말인가. 어떤 관계에 놓여 있든 굳이 그들의 마음을 돌리기 위해 아등바등 애쓸 필요도, 미움받지 않으려 나를 깎아내릴 필요도 없다.

그렇다고 그 사람을 똑같이 미워하면, 결국 나도 그와 다를 게 없는 사람이 된다. 그건 너무 자존심 상하는 일이 아닌가? 그러니 이런 사람들을 대할 때는 딱 '공식적인 관계'만 유지하면 된다. 사적인 감정은 일절 섞지 않고, 예의를 지키되 선은 분명하게 그어야 한다. 여기서 말하는 예의란, 상대방을 위한 게 아니라 나를 위한 것이다. 최소한의 도리만 하면 된다. 그 사람이 나를 어떻게 대하든, 나는 무관심으로 일관하면서 '0의 마음'으로 대응하면 된다. 무언가 대답해야 할 때도 감정에 휘둘리지 말고, 언제나 같은 톤, 같은 길이로, 짧고 차갑게. "네, 알겠습니다" 한 문장이면 충분하다.

이런 사람들은 대개 지위나 유리한 입장을 이용해 나를 눌러버리려 한다. 내가 주눅 들고 흔들리기를 바란다. 그러니 절대 그들이 원하는 반응을 보여주지 말자. '네가 나를 아무리 건드려도 난 타격받지 않아'라고 행동으로 말해줘야 한다. 그러면 그들은 오히려 당황하고 스스로를 돌아보게 될 것이다. 혹여나 그러지 않더라도, 시간이 지나면 결국에는 내가 '정상'이고, 그들이 '이상한 사람'이라는 게 자연스럽게 드러나게 되어 있다. 주위 모두가 알게 될 테니 걱정할 필요 없다.

×××××× 옷 입은 것 좀 봐, 초등학생 같아, 귀여워!

"초등학생처럼 귀엽게 입고 나왔네?"

사람이 많은 자리에서 이런 말을 듣는다면, 의문이 들 것이다. 이게 칭찬이야, 날 멕이려는 거야? 말해 뭐 하나. 당연히 후자지. 세상만사 사사건건 비아냥거리고 시비 거는 사람들이 있다. 친구가 공무원이 되면 그 월급으로 어떻게 사냐고 딴죽을 걸고, 대기업에 들어갔다고 하면 나는 그렇게 정신없이 살기 싫다며 이죽댄다. 누가 뭘 해도 모든 것을 일단 부정하고, 질투하고, 깎아내린다. 상대를 자신의 낮은 현재 위치만큼 깎아내리고 싶은 심리. 누가 고급 브랜드 옷을 입고 오면 말한다. "야, 너는 왜 그 돈 주고 그런 옷을 샀냐?"

이건 선을 넘는 것도 아니고 안 넘는 것도 아니고 애매한 경계에서 〈왕의 남자〉 공길이마냥 줄을 탄다. 화를 내고 맞받아치자니 내가 속 좁은 사람이 되는 것 같고 그렇다고 무시하자니 마음 한구석이 찝찝하다. 가랑비에 옷 젖듯, 이런 애들이 옆에서 계속 촙촙 공격해 오면 은근히 스트레스가 쌓인다. 집에 돌아와 생각하다 보면 열불 나고 속이 뒤집히기 일쑤다.

사실 이런 사람들은 어찌 보면 조금 불쌍한 존재다. 스스로에 대한 불안감과 열등감을 감추기 위해 남을 깎아내리고 망신을 준다. 겉으로는 여유롭고 우쭐한 척하지만, 그 속은 초라하고 뒤틀려 있다. 이상한 자기애에 빠져, 남을 인정하지 못한다. 다른 사람에게 비아냥거리는 것은 자기만의 우월감을 유지하려는 안간힘이다. 문제는 이런 행동을 반복할수록 결국 자기 자신만 더 추해질 뿐이라는 걸 본인들만 모른다는 점이다. 질투를 멈추고, 스스로 성장하며 내실을 쌓으면 안 되는 걸까?

이런 예의 없는 사람들을 대할 땐, 마냥 착하게 허

허 웃고 넘기면 안 된다. 이들은 강약약강일 가능성
이 크기 때문에, 당신을 약한 상대라고 인식하면 끊
임없이 밉게 행동할 것이다. 하지만 우린 약하지 않
다. 특히 속 빈 강정 같은 이들보다는 훨씬 내공이
단단한 사람들이다. 은근한 공격이 들어올 기미가
보인다면, 말을 멈추고 정색하며 침묵으로 대응하
자. "너 나한테 왜 그래? 왜 말을 그런 식으로 해?"라
고 직격탄을 날리는 것도 괜찮다. 의외로 이런 말 한
마디에 쉽게 깨갱하는 부류다.

결론은 부정적인 에너지를 뿜어내는 사람들 때문
에 스트레스를 받을 필요는 없다는 것이다. 당장 걷
어내고 나를 존중하고 내 성장을 진심으로 응원해주
는 사람들과 함께해야 한다. 내 하루는 소중하고, 내
가 얼마나 괜찮은 사람인지 알고 있는 이들과 나누
기에도 시간은 짧다. 그러니 집중하자.

나한레 17,923원만 보내주면 돼

친구와 밥을 먹고 내가 계산한 후 금액을 나누는데, 천 원 단위로 딱 나뉘어 떨어지지 않고 애매하게 500원이 남았다. 별생각 없이 내가 더 내기로 한다. 하지만 다음번에도, 그다음에도 친구는 매번 10원 단위까지 똑같이 나누려 한다면 왠지 모를 서운함이 들기 마련이다. 당장 500원이 아쉬워서 그러는 것이 아니다. 그 아쉽지 않은 500원, 나는 너를 위해 기꺼이 조금 더 냈는데, 너는 나를 그만큼도 위해주지 않는 듯하여 찝찝한 것이다. 물론 지금은 괜찮다. 하지만 이 500원만큼의 작은 감정이 마음에 쌓이고 쌓이다 보면 서운함이 점차 실망감으로 진화하고 관계에 부정적인 나비효과를 가져올지도 모른다.

살아가면서 정말 많이 보게 되는 양상이다. '나는 이만큼 신경 썼는데, 얘는 나에게 아무 관심도 없네?' '생일에 정성껏 선물을 챙겨줬는데, 내 생일엔 말 한마디 없이 잠수 타버리네?' 등 누구나 한 번쯤은 겪게 되는 일이 아닐까. 인간은 본능적으로 '보상 심리'를 갖고 있기에 내가 베푼 만큼 돌아오기를 바라는 건 어쩔 수 없는 감정이다. 서운한 것이 당연하다. 하지만 그 감정에 오래 빠져 있으면 결국 나만 소모된다. 괜히 상대를 미워하게 되고, 괜찮던 관계마저 갈등으로 번질 수 있다. 어느 정도 내려놓는 법도 배워야 한다. 나중에 참다 참다 못해 용기 내서 서운함을 표현했는데, 상대가 "난 해달라고 한 적 없는데?"라는 피니시를 써버리면 할 말이 없을 것이다. 졌다… 내 마음만 무너진 채 져버렸다….

되돌아가 생각해보자. 그 사람에게 처음 밥을 사주거나 챙겨줬을 때, 과연 어떤 마음이었나? 정말 천리안처럼 '내가 이만큼 해줬으니 다음번엔 내가 더 크게 한탕 얻을 거야'라고 멀리 내다보고 행동하진 않았을 것이다. 내가 챙겨줘서 그 사람은 당연히 기뻤고 그 사람이 좋아하는 모습을 보고 너도 덩달아 행복해졌다. 돌이켜보면 '나 좋자고'의 마음도 분명 있었고 행위의 이유도 나에게 걸쳐 있다. 그러니 그 순간 나는 이미 충분한 감정적 보상을 받았던 셈이다.

결국 서운함은 많은 부분 기대가 엇갈리는 데서 온다. 사람마다 감정을 받아들이는 정도나 표현 방식이 다르기 때문이다. 예를 들어 부모는 수십 년 동안 헌신했지만, 자식은 그 사랑을 당연하게 여긴다. 사춘기 자식이 "엄마 아빠가 나한테 뭘 해줬는데?"라고 묻는 순간, 부모 마음은 문드러진다. 연인 간에도 마찬가지다. 한쪽은 정성껏 큰 선물을 준비했지만, 다른 한쪽은 "이런 것보다 손편지 한 통이 더 좋아"라고 말하며 감정의 무게가 엇갈린다.

한 사람이 일방적으로 베풀기만 하는 인간관계는 절대로 건강하게 유지될 수 없다. 탁구처럼 주고받는 리듬이 있어야 랠리가 이어진다. 상대가 서브를 개떡같이 넣었을 때, 내가 좋게 넘겨줄지, '담 넘어 스매싱'을 날릴지 잘 판단해야 한다. 타인은 내 보상

 ❶장 | 에너지 뱀파이어의 18가지 그림자

심리를 채워주지 않을 수도 있다. 스스로 다독이고 채워야 한다. 진심으로 아무것도 바라지 않고 줄 수 있는 선에서 최선을 다해 애초에 아쉬움을 만들지 말아야 한다. 그래야 비로소 마음도 자유로워진다.

네 얘긴 됐고, 내 말 좀 들어봐

오랜만에 지인들과 만나는 자리, 보통은 그간 어떻게 지냈는지 서로의 근황을 묻고 안부를 나누며 대화를 이어간다. 최근 건강은 어떤지, 특별한 일은 없었는지 안부를 묻고 소소한 이야기를 주고받다 보면 반가움은 더 깊어진다. 하지만 이런 자리에서 '자기 이야기만 주구장창 늘어놓는 사람'을 꼭 하나쯤은 만나게 된다. 어쩌면 이미 겪었을 수도 있고, 아직이더라도 언젠가는 마주치게 될 확률이 높은 유형이다. 이들은 타인의 안부나 일상에는 전혀 관심이 없고, 오로지 자기 이야기만 한다. 함께 있는 것이 점점 고역처럼 느껴지며, 당장 자리를 박차고 나가고 싶어진다.

　이런 사람들은 자기 얘기를 하면서 꼭 자랑을 곁들인다. 연예인 얘기 한마디를 해도 갑자기 "내가 아는 사람 친척이 그 연예인이랑 아는 사이인데"라는 식으로 뭔가 자기 얘기를 끼워 넣고, 음식이 나오면 뜬금없이 본인이 다녀온 미슐랭 레스토랑 이야기를 꺼낸다. 누군가가 최근 해외여행을 다녀왔다는 얘기를 시작하려 하면, 그 말을 가로채 자신이 그 지역에 대해 아는 정보(맛집, 관광지, 날씨까지)들을 화라라락 쏟아내버려 정작 최근 다녀온 사람은 말할 기회도 없다.

　이들의 자랑은 전혀 맥락이 맞지 않고 시도 때도 없다. 자랑거리도 재산에서 외모, 학력, 집안, 인맥에 이르기까지 경계가 없다. 이야기를 듣고 있자면 내가 대화를 하는 건지, 방청객이 된 건지 헷갈린다. 집에 돌아오면 말만 했을 뿐인데 마치 운동장이라도 뛰고 온 것처럼 피곤하다. 무슨 이야기를 나눴는지도 기억이 안 난다. 알고 싶지도 않은 이야기들을 맞장구치며 정신적, 체력적으로 엄청난 에너지를 소모한 기분이다.

이들은 대개 폐쇄적이고 자기중심적인 관념을 지녔다. 타이밍만 잡았다 하면 깜빡이도 안 켜고 비집고 들어온다. 다른 사람 이야기는 듣지도 않는다. '대화'를 상호작용이라 여기기보다는 '내 얘기를 전달하는 시간'이라고 생각한다. 남이 무슨 말을 했는지는 기억하지 못한다. 아니, 애초에 들을 생각조차 없다. 다른 사람이 이야기하고 있으면 끼어들어 말하고 싶은 욕구가 목구멍을 넘어 입안까지 부글부글 차올라 터지려 하는 게 보인다.

'기-승-전-지 얘기'지만, 들어보면 지난번에도 했던 이야기를 다섯 번째 반복 재생 중이다. 정말 지긋지긋하다. 이들은 어찌 보면 내면에 '불안'을 안고 살아가는 사람들이다. 그 불안을 외부에서 채우고자 끊임없이 자랑하며 인정받으려 한다. 겉으로는 당당하고 뻔뻔해 보여도, 정작 자신을 제대로 인정해주지 못하는 사람들이다. 스스로에게 확신이 없기에, 타인의 반응을 통해 자신의 가치를 확인하려 하는 것이다. 이런 이들을 대할 때 가장 효과적인 방법은 "아, 그렇구나" 하고 단문으로 응수하는 것이다. 예를 들어 이들은 "내가 학교 다닐 때 성적 관리가 진짜 힘들었거든"이라고 말하면서 "좋은 학교 나오셨나 봐요?" 같은 반응이 나오기를 기대하고 있을 가능성이 크다. 그럴 때 "아, 그러셨구나"로 끝내버리면 원하는 리액션을 얻지 못해 맥이 빠진다. 그래도 굴하지 않고 계속 자랑을 이어간다면, 정중하게 선을 긋는 것도 방법이다. "저도 이야기해도 될까요?" "우리 다른 분 말씀도 좀 들어볼까요?"라고 분명하게 말해주어도 좋다.

아직 관계에 미성숙한 상태에 머물러 있는 모습이 안타깝기도 하지만, 모두가 알고 있다. 이렇게 끊임없이 과시하고 인정받고 싶어 안달 난 사람들을 과연 다른 사람들이 진심으로 존중하고 좋게 판단해줄까?

어, 나 지금 출발해 (이불 속에서)

친구들끼리 만나기로 한 날, 매번 늦는 Z는 역시나 그날도 늦었다. 늘 그랬듯, 우리는 카페에 모여 한 시간 넘게 그를 기다리며 불만을 토로했다. 그로부터도 한참 지나 카페에 들어온 Z는 본인이 마실 것을 시켜두지 않았다며 오히려 친구들에게 큰소리를 치는데…. 그러고는 한 시간쯤 뒤, 갑자기 짐을 챙기더니 다른 약속이 있다며 대충 인사를 하고 자리를 떴다. 남은 친구들은 어안이 벙벙한 얼굴로 서로를 바라봤다.

세상에는 약속을 너무 가볍게 여기는 사람들이 있다. 친구들끼리 약속인데 조금 늦을 수도 있지, 이

삼십 분쯤 늦는 게 뭐 그리 대수냐고 생각한다면, 정말 큰 오만이다. 약속에 대한 태도부터 바꿔야 한다. 이건 단순한 예절 문제가 아니라, 사람과 사람 사이의 신뢰에 관한 문제니까. 사소한 약속을 자주 취소하거나 늘 늦는다면, 사람들은 점점 당신을 '신뢰할 수 없는 사람'으로 인식하게 된다. 약속은 단지 시간과 장소를 정할 뿐 아니라, 상대를 존중하고 배려하겠다는 의지의 표현이다. 우리가 살아가는 이 사회는 전부 약속으로 이루어져 있다. 헌법처럼 거대한 사회계약부터 손가락 걸고 나눈 약속까지, 약속의 크기는 다를 수 있지만 그 본질은 모두 똑같다. 비록 어기더라도 감옥에 가거나 하지는 않겠지만, 너와 내가 정한 작은 약속 역시 분명 지켜야 할 도리임은 의심할 여지가 없다. 야, 너는 수능 볼 때도 늦었니? 면접 볼 때도 늦었어? 가족 중 누가 심하게 아프다 해도 늦게 갈 거니? 상견례 자리도 늦을 거야?

시간을 효율적으로 쓰기 위해 비는 시간이 없도록 하다 보니 늦었다고 강변할지도 모르겠다. 하지만 남들도 머릿속으로 계산해서 딱 시간에 맞춰서

움직일 수 있다. 하지만 혹시 모를 상황이라는 게 있지 않은가? 만에 하나 늦게 될 수도 있으니 시간 여유를 두고 움직이는 것이다. 남들이 효율적이지 못한 게 아니라 너와의 약속이 소중하기 때문에 기필코 시간 맞춰 지키려는 거다. 누군가는 나와의 약속을 지키기 위해, 자신의 하루 일정을 조정하고, 준비하고, 여유 시간까지 감안해 나온다는 걸 기억해야 한다. 그것이 '배려'요, '존중'이다. 근데 넌 왜 맨날 갑자기 몸이 아프고, 급한 일이 생기고, 피치 못할 사정이 반복되는 걸까. 말문이 막힌다.

나로 인해 타인이 피해를 본다면 분명 고쳐야 한다. 인간이 완벽할 수 없다는 걸 누구나 안다. 완벽은 바라지도 않으며 실수도 용서할 수 있다. 다만 최소한의 예의를 지키기 위해 최선을 다하자는 것이다. 습관이다, 습관. 안일하게 여기지 말고 조금만 신중하게 생각해보자. 결국 그건 자신의 신뢰를 지키는 일이기도 하니까.

아 몰라, 무조건 네가 틀렸고 내 말이 맞음

자기 주관이 매우 뚜렷한 사람들이 있다. 주관이 뚜렷하다는 건 남에게 쉽게 휘둘리지 않고 신념을 지키며 살아간다는 뜻이니 긍정적이라 볼 수 있다. 하지만 타인의 의견을 전혀 수용하지 않고 오직 자기 생각만을 고집하며 살아가는 사람들도 있다. 보통 사람들은 대화를 통해 서로 의견을 나누고, 조율하며, 더 좋은 방향으로 나아가려 한다. 그러나 이런 부류의 사람들은 그 과정 자체를 거부한다. 내 주변에도 그런 사람이 있다. 언제나 자신의 편협한 생각만을 밀어붙이고, 내가 아무리 분명하고 객관적인 자료와 증거를 제시해도 절대로 인정하지 않는다.

애초에 마음속에서 받아들일 준비가 되어 있지

않기 때문에, 사과는커녕 "어, 내가 잘못 알고 있었네"라는 단순한 인정조차 한 번도 한 적이 없다. 아마 앞으로도 없을 것이다. 이건 단순히 '맞고 틀림'의 문제가 아니다. 이런 태도는 함께하는 사람을 굉장히 답답하고 숨 막히게 만든다. 차라리 벽이나 바위 같은 무생물과 대화하는 것이 더 낫겠다. 나도 예전엔 억울한 걸 참지 못해 끝까지 맞서 싸워보려 했지만, 오랜 시간 같은 경험을 반복한 끝에 의미 없는 소모전이라는 걸 알게 됐다.

이런 사람들의 공통점 중 하나는 자존감이 낮다는 것이다. '내가 틀렸음'이 드러나는 순간, 곧바로 수치심이나 열등감으로 연결되기 때문에, 절대로 자신이 틀렸다는 걸 인정하지 않으려 한다. 대화를 하면 할수록 '같이 생각해보자'가 아니라 '무조건 이겨야 한다'는 식의 대결 구도로 바뀐다. 하지만 세상에 무조건 맞고 틀림, 옳고 그름의 문제만 존재하는 것은 아니다. 모두 받아들일 수 있는 주장들도 있게 마련이다. 그러나 이들은 꼭 흑백논리, 이분법적인 구도로 받아들인다. 상대방의 말이 맞다면 자신이 틀렸다는 것, 즉 자신이 패배했다는 뜻이다. 그러니 지기 싫으면 무조건 내 주장을 관철할 수밖에. 쉽게 말해 이들은 '지는 방법'을 모른다. 어떤 상황에서도 자기 주장을 꺾지 않기에, 중립적 시각이나 타협도 통하지 않는다. 신이 와서 진리를 말해줘도 '나는 몰라요' 할 것이다.

그렇다면 이런 이들과 어떻게 대화해야 할까? 정면승부는 오히려 역효과를 부른다. 차라리 이들을 먼저 인정해주는 방식이 효과적이다. 의견이 충돌할 때는 다투고 있는 포인트만 집요하게 파고들기보다, 그 사람이 말한 다른 부분이나 전체 맥락에서 일부를 먼저 긍정해주는 것이 좋다. 예를 들어, "네 말이 전체적으로는 맞아. 다만 이 부분에서는 나랑 의견이 조금 다른 것 같아"라고 말하면, 그 사람은 자신이 인정받았다는 느낌을 받는다. 그러면 그제야 비로소 방어기제를 조금 내려놓고, 이야기를 들을 여유를 갖게 된다. 요점은 이거다. 논리로 이기려 하지 말고, 이 사람의 심리와 방어기제를 먼저 이해하자. 그러면 비교적 안정적인 대화를 나눌 수 있다.

우리 예쁜 A 씨!
(잠시 후) 무슨 일을 이따위로 해?

어제는 "A 씨, 잘했어! 최고야!" 하더니, 오늘은 쥐뿔 실수 같지도 않은 걸 꼬집으며 "A 씨, 일을 왜 이따구로 해?"라고 화를 낸다. 이 양반은 도대체 왜 이럴까? 아마 상급자에게 크게 깨졌거나, 집에서 배우자와 다투고 출근했을지도 모른다. 문제는, 내가 제출한 보고서의 내용이 정말로 심각하게 잘못되었다기보다는 단지 자기 기분을 풀기 위해 억지로 실수를 찾아내려는 느낌이 자꾸만 든다는 거다. 전형적인 '기분이 태도로 드러나는 사람'이다.

물론 사람이라면 누구나 어느 정도 감정에 따라 행동할 수 있다. 하지만 우리는 매너를 장착한 사회인으로서 아무리 감정이 상했더라도 안 좋은 기분을 무작정 티내는 걸 자제할 줄 알아야 한다. 특히 직장에서 상급자라면 더더욱 프로페셔널한 모습을 보여야 한다. 하지만 현실은, 나이와 직급만 차고 성숙하지 못한 사람들이 너무 많다. 본인이 기분 좋을 땐 마치 뭐든 다 해줄 듯한 업텐션으로 친절을 베풀다가, 기분이 나쁘면 인상 팍 쓰고 불쾌한 티를 있는 대로 내며 주변을 얼어붙게 만든다. 결국 모두가 그 사람 눈치를 보게 된다. 그냥 기분에 따라 '냉탕과 온탕' 수준이 아니라 열탕, 이벤트탕, 황토방, 소금방, 자수정방, 얼음방, 게르마늄방, 수면방, 불가마까지 지 마음대로 종횡무진한다.

감정 컨트롤을 못하는 게 아니라, 안 하는 거 같다. 본인보다 높은 사람에겐 비위 맞춰 실실 웃어줄 줄 아니까. 이런 사람들에게 감정적으로 휘둘리지 말자. 그냥 '미성숙하고 안쓰러운 사람'이라고 생각하고 거리를 두면 된다. 굳이 옆에 가서 기분 풀어주려 애쓸 필요도 없다. 워낙 특이한 타입이라, 얼마 지나지 않아 혼자서 기분 풀고 다시 헤벌레 웃고 있을 가능성이 크다. 그냥 건드리지 않는 게 상책. 괜히 좋은 마음으로 달래주려다 되레 날카로운 가시에 찔릴 수 있다.

정말 그 사람이 변화하고 성장하기를 바란다면, 기분 좋을 때를 봐서 조용히 말해주는 게 가장 효과적이다. 기분이 좋을 때는 말이 들어갈 여유가 생기고, 나중에 비슷한 상황에서 문득 상기하고 스스로 자제할 수 있기 때문이다.

안읽씹, 너무 편리한 기능이야

자신에게 뭔가 필요한 게 있다면 황급히 메신저로 나를 찾는다. 이땐 정말 놀라울 정도로 빠르게 '칼답하며' 원하는 정보를 챙겨 간다. 자, 이세 원하는 걸 얻었으니 어떻게 될까? 이후에도 대화를 조금 이어가는 듯하다가 갑자기 어디 하수구에 빠졌는지 땅속으로 꺼지듯 사라져버린다. 그렇게 메시지의 '안 읽음' 표시 1은 영영 사라지지 않는다.

읽씹이든 안읽씹이든 특별한 이유 없이 상대의 말에 대답하지 않는 것은 사실 대부분이 기분 나빠할 태도다. 다분히 고의적으로 무시하는 행위니까. 어떤 사람들은 이런 행동을 그저 성격 차이, 취향 차이라고 하지만, 본질을 따져보면 그냥 대화를 맺지

50

않은 상황에서 이기적으로 이탈하는 것뿐이다. 어색한 대화가 싫고, 의미 없이 불필요한 대화를 하기 싫어 회피한다고? 세상 대부분의 대화는 잡담으로 시작해 잡담으로 끝난다. 집에 돌아오면 부모님이 "오늘 하루 어땠어?" 묻는 것과 엘리베이터에서 이웃이 "안녕하세요?"라고 인사하는 것도 꼭 필요한 말은 아니다. 그런 말을 '쓸데없다'며 씹진 않을 거잖아? 사람들은 네 말이 철학자의 말이고, 어디 성경에라도 나오는 구절이라서 들어주는 게 아니다. 다만 너를 존중하고, 너와 정을 나누고자 하기 때문에 대화하는 것이다. 조선왕조실록에도 온갖 잡다한 이야기들이 다 쓰여 있다는데, 하물며 네가 뭔데 필요한 말과 잡담을 딱딱 구분 지어 씹어대냐?

만약 정말 피치 못할 상황이 생겼다면, "잠깐 일이 생겨서 이따 연락할게"라든지, 시간이 한참 지나서라도 "방금 뭐 좀 하느라 늦었어, 미안!" 같은 한마디는 해야 한다. 이게 기본적인 예의고, 성숙한 소통이다. 일주일 뒤, 한 달 뒤에 대답하고, 새해 인사를 어린이날에 답하는 게 말이 되냐? 옛날 전서구도 이보

   ❶장 | 에너지 뱀파이어의 18가지 그림자

단 빠르겠다.

어떤 사람들은 또 이렇게 말한다. "가볍게 대답하지 않으려고 일부러 안 읽고 있는 거야." 하지만 나중이라고 해서 뭐 얼마나 대단한 대답을 할 수 있을까? 지금의 예의가 더 중요할 때도 있는 법이다. 계속 그런 식으로 사람을 대하면, 상대도 너에게 지금 차려야 할 예의를 다음으로 미루게 된다. 입장 바꿔 생각하면 절대 기분 좋은 상황은 아닐 것이다.

너는 내가 이런 말 해도
상처 안 받으니까 좋아

"네가 하는 게 그렇지 뭐. 지나가는 개도 너보단 잘 하겠다."

"나 요즘 살쪘어. 이러다 너처럼 하마 될까 봐 걱정이다."

이 정도는 약과다. 정말 막말을 일삼는 사람들은 그 강도도, 범위도 상상초월이다. 남의 감정이나 눈치는 고려하지 않고 상처 주는 말을 스스럼없이 스트레이트로 꽂아 넣는다. 그러고는 '솔직하고 쿨한 나'라는 착각에 빠져 있다. 면전에서 상처 되는 말을 해놓고 "이런 말로 상처 안 받지?" 같은 소리를 태연하게 내뱉는다. 이건 그냥 예의도 없고 솔직함과 무례함의 차이도 모르는 바보다. 뒤끝 없다는 본인은 막상 역으로 공격당하면 손, 발, 눈, 입꼬리 전부 부들부들 떨어가며 '극대노'하면서 말이다.

사람과 사람 사이의 대화는 상처를 주기 위한 도구가 아니라, 서로를 이해하는 수단이다. 그래서 때로는 하고 싶은 말을 꾹 눌러 참기도 하고, 부드럽게 돌려 말하기도 하는 것이 아닌가. 하지만 이런 애들은 말을 날카롭게 휘두르는 것이 능력이라고 생각한다. 부드럽게 말하는 건 효과가 없고, 세게 말해야 통한다고 착각하며, 감정을 여과 없이 드러내는 것이 '정의'라고 믿는다. 하지만 그건 상대와 멀어지는 가장 좋은 방법일 뿐이다. 내가 하는 말로 누군가가 상처받을 수 있다는 사실을 인지하고 살아야 한다. 정신 차려! 네가 생각 없이 휘두르는 혓바닥에 왜 선량한 사람들이 다쳐야 하는 건데! 내가 다른 사람보다 우위에 있다는 생각, 무조건 솔직하게 말하는 게 장땡이라는 사고방식이 관계의 벽을 세우고 결국 모두 떠나가게 만든다.

강한 말이 언제나 정답은 아니다. 때로는 부드러운 말에 훨씬 더 큰 힘이 있다. 같은 뜻이라도 어떻게 전하느냐에 따라 상대의 마음을 살릴 수도 있고, 무너뜨릴 수도 있다. 어찌 보면 직접적인 폭행보다 폭언이 훨씬 무섭다. 몸의 아픔은 시간이 지나며 사라지고 치유되지만, 폭언이 남긴 상처는 살아가다 문득문득 떠오르며 몸서리치게 하는 법이니까. 살면서 '해야 할 말'을 하는 것도 중요하지만, 그보다 훨씬 더 중요한 건 '하지 말아야 할 말'을 참아내는 것이다.

밥 한 끼 사면서 엄청 생색내네

'지난번에도 내가 샀는데, 오늘도 내가 사네. 그래, 뭐… 다음엔 얘도 사겠지.'

밥값을 계산하고 카페로 향한다. 당연히 커피쯤은 자기가 사겠지 하고 화장실에 다녀오는데, 이게 웬걸, 카운터 앞에서 아무것도 주문하지 않은 채 날 멀뚱히 기다리고 있다. 내가 아메리카노 마시는 거 뻔히 알면서도 일부러 뭘 마실 건지 물어보고 그제서야 느릿느릿 카드를 꺼낸다. 이때도 눈치 보며 내기 싫다는 티를 잔뜩 내고는, 마지못해 억지로 계산한다. 한두 번도 아니고 정말 얄밉다.

밥값을 내지 않는 건 아주 나쁜 버릇이다. 이보다 없어 보이는 짓도 없다. 관계의 가치보다 당장의 몇 천 원, 몇 만 원에 더 벌벌 떠는 사람들이 존재한다. 보통 착한 사람들은 이런 적은 금액 때문에 쪼잔해 보이기 싫고, 관계가 틀어지는 것도 싫어서 자기가 먼저 돈을 내는데, 이런 호의와 마음을 교묘하게 이용하는 것이다. 항상 계산할 때쯤 되면 휴대폰을 보면서 딴짓을 하거나, 쥐 죽은 듯 조용히 있거나, 겉옷 입는 척, 신발 신는 척하다가 계산이 끝난 뒤에 슥 나타난다. 정말 눈살이 찌푸려진다. 제발 그러지 좀 마라. 왜 당연히 남이 내야 하는 건데? 돈을 더 많이 벌어서? 그렇다 해도, 그게 당연한 건 아니다.

꼭 이런 사람들은 얻어먹고 나서 '잘 먹었다'는 인사도 하지 않고 "다음에 내가 살게"라는 의례적인 말도 하지 않는다. 이들에게 이 정도 얻어먹는 건 고마워할 필요가 없는 당연한 일이니까. 참고 참다가 너도 밥 좀 사라고 하면 "쪼잔하게 밥값 가지고 그러냐"라면서 되레 큰소리친다. 그리고 내가 소고기, 돼지고기 샀으면 너도 소고기, 돼지고기를 사야지. 왜 네가 사기로 한 날엔 꼭 분식이 땡기는 건데, 콱 마! 어쩜 이렇게 얄미운 짓만 골라 하는지. 밥은 언제든

　　　　❶ 장 | 에너지 뱀파이어의 18가지 그림자

지 사줄 수 있지만 네 구차한 모습이 꼴 보기 싫어서 사주고 싶지 않다.

그래, 경제적으로 여유 있는 사람이 밥을 더 많이 살 수도 있다. 하지만 그것도 한두 번이고 당사자가 원해야 하는 거다. 양심이 있다면 두세 번에 한 번, 아니, 최대한 양보해서 다섯 번에 한 번은 밥을 사라. 그게 상대방에 대한 최소한의 예의고 존중이다. 아무리 착한 사람이라도 일방적으로 계산하는 상황이 반복되다 보면 '얘는 내가 제 지갑인 줄 아나?'라는 생각이 든다.

너 밥 먹이는 게 대단히 즐거워서 사는 사람은 없다. 그저 너와의 관계가 소중하니까 금전적으로 손해 보더라도 '에이, 그냥 내가 한 번 더 사지 뭐' 하며 지갑을 여는 거다. 그 사람에겐 네가 몇 천 원, 몇 만 원 돈보다 더 소중하니까. 그 마음을 생각해보고, 이제는 네가 좀 사라. 그게 인간답게 사는 거다.

나 이래서 힘들고 저래서 괴로워 지잉징징

친구는 오늘도 입이 댓 발 튀어나와 있다. 입고 온 코트라도 걸어두려는 걸까. 어김없이 자리에 앉자마자 라디오 주파수를 맞춘다. 징- 징- 시작됐다. 징징이 모드.

오늘은 또 누굴까? 김 과장일까, 이 팀장일까? 누가 너에게 잘못했을까? 듣자 하니 눈치 없는 신입사원 때문에 결국 본인이 욕을 먹었단다. 상사에게 치이고, 후배 때문에 속상하고…. 참 고생이 많다. 허구한날 이리저리 치이며 사느라 죽겠다면서 어떻게 몇 년째 잘 살아가는지 신기할 따름이다. 처음엔 진심으로 고민을 들어주고, 조언도 해주었다. 해결책도 제시해주었다. 하지만 다음번에도 친구의 문제는 해결되지 않고 똑같은 하소연이 반복된다. 무슨 닥터 스트레인지도 아니고…. 혹시 이 친구가 바라는 건 무조건적인 공감일까 싶어 "그렇구나, 그렇구나, 힘들었겠다"라며 마냥 맞장구를 쳐주기도 했다. 그러니깐 이번엔 왜 이렇게 성의가 없냐고 한다. 친구가 힘들다는데 너무한 거 아니냐고. 너무하긴… 나를 감정 쓰레기통으로 쓰는 네가 더 너무하지.

들어보면 가족 이야기, 회사 이야기, 애인 이야기 등 전부 평범한 이야기들이다. 그냥 누구나 한 번쯤은 겪을 법한 사소한 일들인데, 이것도 못 견디면 사회생활 어떻게 할까, 라는 생각이 들지만 본인은 세상 비련한 주인공처럼 이야기한다. 세상에서 본인이 제일 억울하고 불쌍한 줄 안다. 오로지 일방적이고 전적인 관심과 위로만을 요구한다. 여럿이 대화하며 이제 다른 이야기로 넘어가는가 싶다가도 조금이라도 연결 고리가 있다면 또다시 본인 힘들었던 이야기를 끌고 온다. 듣는 사람은 귀에서 피가 나고 딱지까지 앉을 것 같다.

물론 나에게 분노하고 불평을 터뜨리는 건 아니

지만, 듣고 있는 나는 그 대상 못지않은 감정을 받아내야 한다. 공감해주고 위로도 건네다 보면 정말 심리적 에너지를 많이 소모한다. 단도직입적으로 "제발 좀 그만 징징대!"라고 말하면 나한테 또 실망하고, 결국 다른 데 가서 하소연하겠지. "친구가 나보고 그만 징징대래. 나 진짜 힘든데…. 아무도 내 마음을 몰라줘. 죽고 싶다." 계속 받아주기만 한다면 내 모든 에너지를 이 뱀파이어 같은 녀석에게 다 뺏기고 말 것이다. 나를 망가뜨릴 수는 없으니 조용히 거리를 두는 게 좋다. 하나둘 피하는 사람이 늘어나면 스스로도 언젠간 깨닫게 되겠지. 본인이 얼마나 다른 사람들을 갉아먹고 있는지를.

누가 네 돈 떼먹는대?
갚는다고! 갚는다니까!

"저기… 지난번에 말한 그 돈… 가능할까?"

얼마나 급하고 힘들었으면 이렇게 눈치 보며 조심스럽게 돈을 빌려달라고 할까. 마음이 다 아파 온다.

"아니! 준다니까! 왜 자꾸 닦달하는 건데? 날 못 믿는 거야? 내가 네 돈을 떼먹을 것 같아? 너한테 진짜 인간적으로 실망이다. 갚으려던 마음도 사라진다, 야."

?

첫 번째 사람이 돈을 빌리려는 사람이고 두 번째

가 돈을 빌려주는 사람인 줄 알았는데 놀랍게도 그 반대다. 참 희한하게 돈이라는 건 빌려주는 순간, 갑을 관계가 뒤바뀌어 버린다. 빌려줄 때까지는 내가 갑이었는데 돈이 넘어가는 순간부터는 내가 을이다. 참 어이가 없다. 돈을 빌릴 땐 세상이 무너질 것처럼 온갖 사연을 풀어내더니, 돈을 딱 받자마자 사람이 돌변한다. 연락은 뜸해지고, 슬그머니 잠수를 탄다. 갚겠다는 날짜가 되어도, 먼저 돈 얘기를 꺼내지 않는다. 아무 말도 안 하고 입 꾹 다물고 있으니 내가 마치 불현듯 갑자기 떠오른 것처럼 "아, 맞다! 지난번에 빌려 간 돈, 오늘 갚는다고 하지 않았어?" 라며 연기를 해야 한다. 내가 배우 지망생도 아니고 대체 이게 뭐 하는 짓일까… 현타 온다.

삼만 원, 오만 원 같은 소액도 절대 빌려주면 안 된다. 빌려 가는 놈들은 습관적으로 빌려 가는데, 애매한 돈은 갚으라고 말하기도 참 껄끄럽다. 이런 애들은 진짜 10원짜리 하나 없어 밥 한 끼조차 못 먹을 상황이라 친구들에게 돈을 빌리는 게 아니다. 필요한 생활비는 제 주머니에 넣어두고서 무엇 때문인지

   1장 | 에너지 뱀파이어의 18가지 그림자

는 모르겠지만 추가로 필요한 금액을 빌려 가는 거다. 갚을 때도 빌린 만큼 깔끔하게 갚으면 되는데, 꼭 말도 안 되는 계산법을 도입한다. 내가 너한테 20만 원을 빌렸는데 친구끼리 이 정도 돈 오고 가는 것도 좀 그렇고(?) 하니 20만 원어치 술을 사겠다는 식이다. 야, 까놓고 말해서 둘이 먹으면 40만 원어치를 사야 하는 거 아니냐? 다 필요 없고 그냥 현금으로 가져와라.

솔직히 말해 돈거래는, 제때 받기만 해도 다행일 만큼 이득 되는 게 없는 행위이다. 사람의 심리라는 게 빌릴 때는 고맙게 느끼지만 막상 갚아야 할 때는 왠지 내 생돈이 나가는 것 같고 아깝다는 생각까지 든다. 돈을 빌려달라고 하면 처음부터 무조건 강하게 쳐내야 한다. 어정쩡하게 대답하지 말고 칼같이 딱 자르자. "나는 친구끼리 돈 거래 안 해." 한 번 빌려준다면 '애는 전에도 빌려줬으니까, 또 빌려줄 거야'라고 생각하고 더 큰 요구를 해 올 것이다. 장담한다. 그러니까 애초에 절대 빌려주면 안 된다.

연예인 김종민 씨는 말했다. "돈과 사람을 모두

잃을 바에야, 차라리 사람만 잃고 말자." 물론 살다 보면 진짜로 피치 못할 사정으로 돈이 필요한 상황이 있다. 친구가 정말 큰 궁지에 몰렸을 때는 마음을 내주는 것도 좋다. 그리고 빌린 사람은 약속한 날짜에 꼭 갚고 진심으로 고마운 마음을 표현하자. 그게 친구에 대한 최소한의 예의이고, 믿음을 지키는 방법이다.

알았으니까 입 좀 다… 쓰읍

사나이들끼리 낭만 넘치는 오지 캠핑을 가기로 했다. 캠핑 전문가 친구의 '하드캐리'로 모두 편안하게 캠핑을 즐길 수 있을 거라 기대했다. 캠핑 장비에 대해 이런저런 이야기를 하던 중, 짐이 너무 많을 것 같아 걱정하는 마음에 조심스럽게 말했다.

"와, 짐이 많아서 힘들겠다. 괜찮겠어?"

그러자 친구가 갑자기 정색을 하더니 말하는 것이다.

"야, 아무것도 안 하면서 입 좀 다… 쓰읍…."

아무리 생각해봐도 "입 좀…" 뒤에 이어질 말이 '다물어' 내지는 '닥쳐'였던 것 같았다. 기분이 상하고 화도 났지만, 나는 그 친구와 계속 잘 지내고 싶었다. 내가 괜히 오해한 건 아닐까 싶었다. 다른 사람들이라면 어떻게 생각할지 궁금했다. 결국 주위 친구들 대략 십여 명과 통계학의 대명사인 대화형 인공지능에게 물어보았다.

"내 친구가 뭐라고 말하려고 했던 것 같아?"

결과는 압도적이었다. 친구들 전원은 물론 인공지능까지 전부 '다물어'인 것 같다는 답을 내놓았다. 내가 느꼈던 섭섭함이 괜한 감정이 아니었음을 확인하고, 친구에게 조심스럽게 내 마음을 이야기했다. 하지만 돌아온 반응은 예상 밖이었다. 친구가 갑자기 노발대발하며 말하는 것이다. "넌 지난번에 나한테 기분 나쁘게 말했었잖아!" 현 상황과 상관없는 예전 이야기를 꺼내며, 마치 공격을 받은 사람처럼 굴기 시작하는 상황. 그러고는 '입 좀 조용히 해'라고 말하려던 것뿐이라며 왜 그렇게 예민하게 받아들이냐고 오히려 나에게 따지는 거다.

하지만 '입 좀 조용히 해'는 말 자체도 어색하고 문

장으로서도 매끄럽지 않았다. 무엇보다 나는 어떤 표현을 썼느냐고 따지고 싶어서 대화를 시작한 것이 아니었다. 그냥 내가 걱정하여 한 말에 저렇게 격한 반응을 보였다면 무언가 오해가 있었다는 뜻이니, 그걸 잘 풀고 싶었을 뿐이다. 하지만 친구는 내 말을 듣지도 않고, 해명 아닌 변명만 늘어놓았고, 오히려 '그냥 넘어가면 될 일을 왜 꺼내느냐'며 화를 냈다.

정말 많은 생각이 들었다. 친구가 오직 자신의 감정과 기분에만 갇혀 살아가는 사람처럼 느껴졌다. 만약 길을 가다 들고 있던 커피를 실수로 떨어뜨려 옆 사람에게 튀었다면, 의도했든 의도하지 않았든 결과적으로 상대는 피해를 입은 거다. 사과하는 게 상식이다. 실화(失火)로 산불을 내도 엄히 징역형에 처하는 게 현실인데.

우리는 살면서 수많은 말실수를 한다. 내 기준과 상대의 기준이 다르기에 같은 말이라도 다 다르게 받아들이고 오해가 생길 수 있다. 이건 완벽히 해결할 수 없는 숙제이기에 각자 처한 상황에 맞게 현명하게 대처하면 된다고 생각한다. 하지만 친구가 폐쇄적이고 회피하는 태도로 일관하자 더 이상 어떤 대화도 통하지 않을 것 같았다. 결국 난 계속 상대할 가치가 없다고 판단했다. 스스로를 돌아보았다. '얘가 원래 이렇게 답답한 친구였던가? 나는 아직도 사람 보는 눈이 부족한 건가.' 그래도 배운 게 있다. 감정에 잠식되지 말고, 늘 객관적인 시선을 가져야 한다는 것.

그러니까 내가 안 한다고 했잖아!

동료 직원들과 함께 기분 좋은 회식 자리를 가졌다. 최근 성과가 좋아 서로 격려와 칭찬을 주고받는 화기애애한 분위기였디. 회식이 끝나갈 무렵, 팀장이 결속력을 다지고 가볍게 즐기자며 3:3 볼링 내기를 제안했다. 다들 으쌰으쌰하며 볼링장으로 향했고, 자연스럽게 게임비와 음료수 값을 걸고 내기가 시작되었다. 모두 반쯤 취한 상태였던지라 '음주 볼링'이 된 상황. 평소 실력이 안 나오고 볼이 옆으로 빠지거나 핀을 하나도 못 넘겨도 하하호호 웃으며 즐기는 분위기였다. 그런데 유독 한 사람만 얼굴이 점점 울그락불그락해지기 시작했다. 이 사람은 평소에도 무슨 일이든 지는 걸 참지 못하는 승부욕 넘치는 사람이다. 본인 실력도 그다지 뛰어나지 않은데, 같은 팀원이 자신보다 핀을 하나라도 덜 치면 정색하며 잔소리를 쏟아냈다.

"그렇게 치지 말고 이렇게 해봐."

"팔이 이상하게 나가잖아!"

자기 팀에게 훈수를 두는 것도 모자라, 상대 팀이 칠 때는 깐족대며 일부러 방해하기까지 했다. 승패를 가리기보다 함께 어울리자는 마음으로 만든 자리였는데, 이 사람은 오직 '어떻게든 이겨야 한다'는 생각에만 사로잡혀 있었다. 결국 자기 팀이 지자, 정색하고 성질을 부리며 욕설을 내뱉었고, 분위기는 싸늘하게 식어버렸다. 취한 탓이었을까, 심지어 상급자가 옆에 있음에도 일말의 눈치도 보지 않고 제멋대로 행동했다. 웃자고 한 게임에 죽자고 달려드니, 주위 사람들은 하나둘 눈치를 보기 시작했고, 다 같이 즐겨야 할 자리가 부담스러운 눈치 싸움판이 되었다. 그나마 볼링이어서 다행이지, 만약 배드민턴이었으면 내가 셔틀콕이 될 뻔했다. 프로 볼링 선수를 할 것도 아니고, 애버리지 5점, 10점 높은 게 뭐

 ❶장 | 에너지 뱀파이어의 18가지 그림자

그리 중요한 일이라고 목숨을 거는지 모르겠다. 인사고과에 반영되는 것도 아니구만….

　좋은 분위기를 계속 이어갈 수 있었는데, 한 사람의 과열된 승부욕으로 깨져버리니 너무 아쉬웠다. 이런 사람들이 지고 나면 꼭 이런 말을 한다. "원래 더 잘하는데 오늘 컨디션이 좋지 않아서 졌다." 어휴, 없어 보여라. 만약 이겼다면 다음 날부터 회사를 넘어 온 동네방네에 일 년은 자랑하고 다녔을 것 같다. 평소에도 점심 먹고 커피나 간식 내기할 때 남이 걸리면 세상 다 가진 듯 비웃으며 비싼 메뉴를 고르고, 자기가 걸리면 "나 안 한다 했잖아!!!" 하면서 화를 내고 제일 저렴한 아메리카노나 마시라고 은근히 눈치를 준다. 이쯤 되면 솔직히 뭘 함께하기가 싫어진다. 졌으면 그냥 기분 좋게 동료들에게 한턱내면 될 텐데, 그게 그렇게 힘든가 보다. 나에게 '승부욕'이란 페어플레이 정신이 뛰어나고, 결과에 승복할 줄 아는 사람에게 어울리는 멋진 말이다. 이런 사람들에게는 그런 고급스러운 표현을 붙여주는 것조차 아깝다. 넌 그냥 '승질욕'이 강한 거다.

나는 아무거나 다 좋아

나: 밥 뭐 먹을래?

Z: 아무거나.

나: 아무거나 뭐? 한식? 중식? 양식? 일식?

Z: 아무거나.

나: 그래, 그럼 국밥 먹자.

Z: 국밥? 오늘 더워서 뜨거운 건 먹기 싫은데.

나: 그럼 돈가스는 어때?

Z: 튀김류는 별로 안 좋아해서.

나: 그래? 그럼 짜장면 먹으러 가자.

Z: 중식은 너무 느끼해.

나: 그럼 산뜻하게 샐러드 먹자.

Z: 어제 먹었는데.

나: 그럼 뭘 먹자는 거야?

Z: 진짜 아무거나 괜찮아.

나: ???

아무거나, 라고 해서 다 괜찮다는 뜻인 줄 알았는데 나랑 스무고개 놀이를 하자는 거였구나! 하하. 표현법 한번 특이하네. 정리해보자면 네 입맛과 취향에 맞아야 하고, 지난 사흘간 먹은 음식과 겹치지 않아야 하며, SNS 감성의 인테리어와 분위기로 인증샷을 찍기에 좋고, 미슐랭 1스타 이상이어야 하며, 필수영양소가 골고루 들어가 있고 콜레스테롤 수치를 낮춰줌과 동시에 칼로리는 낮아 다이어트에 도움이 되는 슈퍼 푸드, 깔끔하게 먹을 수 있고, 소화가 잘 되어야 하며, 가성비도 좋아야 하는구나! 하하, 그냥 우리 각자 밥 먹고 만나자.

지코도 아니고, 맨날 아무거나, 아무 데나, 아무 때나, 아무나, 아무 노래, 아무아무아무…. 그래, 선택하기가 어려울 수도 있지. 다 이해하고 받아들일 수 있다. 하지만 꼭 이런 친구들이 뒤에 헛바닥이 길다. 다 먹고 나서 짜다느니, 비싸다느니, 그만큼 기다려서 먹을 정도는 아니라느니. 참 알 수가 없다. 자기는 배려한답시고 결정권을 넘긴다지만 솔직히 말해 책임 회피로밖에는 안 보인다. 생각보다 많은 사람이 이런 모습을 보인다. 이제는 거의 사회현상처럼 느껴질 정도다. 그래도 '아무거나'도 어느 정도 적당히 해야지, 너무 습관적으로 남발하면 주위 사람들만 피곤해진다.

'아무거나'라고 해버리면 듣는 상대방은 성의 없이 대답한다고 생각할 수 있다. 작은 행동 같지만, 상대에게 큰 오해를 살 수 있으므로 조심해야 한다. 상대방도 결정하기 어려운 건 마찬가지다. 무작정 "아무거나!"를 외치기보단 작은 단서, 의견이라도 붙여서 전달해야 한다. 예를 들어 "뭐 먹을래?"라는 질문에 "점심에 면을 먹었으니 밥을 먹고 싶어. 메뉴는 아무거나 좋아"라고 대답한다면 이제 상대방도 나의 전제조건을 알았으니 "그럼 제육볶음 먹자!"라고 편안하게 말할 수 있다.

이것도 친구나 연인 사이에 그렇다는 거지, 회사

　　　　❶장 | 에너지 뱀파이어의 18가지 그림자

나 공적인 상황에서는 자제하길 권한다. '아무거나'를 남발하다 보면, 어느 순간 사람들은 당신을 '의견도 없고 생각도 없는 사람'으로 인식한다. 어느 순간부터 당신을 마음대로 주무를 수 있는 헐렁한 사람으로 여기고 아무것도 묻지 않을 것이다. 회의할 때도 시간과 장소를 일방적으로 통보할 것이다. "몇 시까지 어디로 오세요. 아무개 씨는 아무 때나 어디든 괜찮죠?" 그렇게 들어간 회의에서 당신의 의견이 충분히 수용될 리는 만무하다. 그러니 빈껍데기가 아니라면, "아무거나요" "전 나 괜찮아요"라는 말은 이제 그만. 최소한의 생각과 의견을 표현하고, 무엇이 진짜 배려인지 고민해보자.

넌 왜 그런 걸 좋아해? (감분싸)

A: 나 요즘 사진 찍는 게 재밌어서 여행 갈 때마다 필름카메라를 챙겨 다녀.

Z: 그거 요즘 애들이 감성 타령하면서 억지로 유행시킨 거잖아. 불편하고 화질도 구린 걸 왜 굳이 가지고 다녀?

A: 요즘 타로카드를 공부하고 있어요. 재미도 있고 스스로를 돌아보게 되더라고요.

Z: 그렇게 비과학적인 걸 좋아하세요? 저는 별로 좋지 않은 거 같아요. 인생이 랜덤 뽑기는 아니잖아요?

A: 이거 한번 먹어봐! 너무 맛있어서 다 같이 나눠 먹
   으려고 사 왔어.
B: 근데 이 제품 뉴스 보니깐 혈당 상승하는 원료가
   기준치의 25배 이상 나왔다던데.

진짜 한번 물어보고 싶다. 지금 꼭 그 말을 해야
겠니? 그냥 조용히 넘어갈 수는 없니? 정말… 왜 그
래…. 분위기 바로 냉동창고처럼 만들어버리네. 꼭
그렇게 초를 쳐야 직성이 풀리니? 친구가 우릴 생각
해서 음식을 사 왔는데 거기다 대고 꼭 식약청 조사
관처럼 정보를 투척하다니…. 그냥 하루만 맛있게
먹으면 안 돼? 정 마음에 걸리고 먹기 싫으면 너는
먹는 척만 하든가. 너의 그런 화법 때문에 웃음이 사
라지고, 어색한 정적만 흐르게 됐잖아.

이들의 단호하고 차분한 말투에는 자기 말이 무
조건 맞다는 묘한 확신이 가득 차 있다. 타인의 기분
을 생각하기보다는 자기가 더 많이 알고 있다는 걸
드러내고 싶어서 굳이 '중요한 지적'을 한다. 누가 타
박하면 "그럼 내 말이 틀려? 맞는 말 했는데 뭐가 문

제야?” “가르쳐줘도 X랄이네”라는 태도로 일관한다. 이런 사람들과 가깝게 지내기란 상당히 힘들다. 방어적인 성향으로 항상 반대를 위한 반대를 한다. 항상 냉소적이며 무엇을 보든 안 좋은 면부터 찾아낸다. 지들은 항상 나름의 논리와 근거를 가지고 있으며, 모든 사실을 마치 ‘인간 나무위키’처럼 달달 외우고 다니는 본인의 멋스러움에 약간 취해 있다.

갑분싸 장인들아, 너희가 틀린 사실을 말해서 욕먹는 게 아니야. 그저 사람들은 팩트가 아니라 따뜻한 온기를 원할 때가 있고, 지금이 바로 그때였다고. 우린 단지 웃고 떠들고 싶고, 진실 규명이나 사회고발이 아닌 화합을 원한다고. 분위기라는 건 다 같이 만들어가는 거야. 그 흐름이 잘 보이지 않을 땐, 차라리 말을 멈추는 센스만 살짝 얹어주길 바라. 네가 무너뜨린 모래탑 같은 분위기를 다시 세우려는 사람들은 생각보다 버겁거든. 모임에 웃음을 되살리려는 사람들은 언제나 다른 이들을 생각하며 조심스럽게 행동하고 있으니 제발 그 섬세한 분위기를 생각 없는 말 한마디로 무너뜨리지 말아줘!

2장

나를 지키는 셀프 멘탈 강화 훈련

내 감정은 오롯이 나에게 달려 있다

갑자기 비가 억수같이 쏟아졌다. 우산을 챙기지 못했기에 머리부터 발끝까지 다 젖을 생각을 하니 짜증이 확 치밀었다. 결국 비를 쫄딱 맞고 집에 돌아와 젖은 옷을 빨래통에 던져 넣으며 생각했다.

"진짜 재수 없는 날이네."

그날 밤, 우연히 TV에서 〈유 퀴즈 온 더 블럭〉을 보게 되었고, 선 님의 이야기를 들었다. 고속도로에서 운전하던 중, 바로 앞에서 옆 차가 급하게 끼어들어 사고가 날 뻔했다고 한다. 정말 종이 한 장 차이로 충돌을 피했다고. 차 안에 탄 모두가 '아, 이건 사고다!'라고 느꼈을 만큼 아찔한 상황. 그런데 선 님은 사건 직후 0.1초 만에 "감사합니다!"라는 말이 나왔다고 한다.

너무 충격이었다. 다행히 사고가 안 난 것에 대한 감사라니. 그 짧은 찰나에 나라면 아마 본능적으로 욕부터 나왔을 것 같은데. 그 말을 듣고 문득 생각했다. '과연 오늘 내가 겪은 일이 진짜 그 정도로 재수 없는 일이었을까?' 내가 오늘 하루 느낀 감정에 대해서 되돌아보게 되었다.

나는 어릴 적 비만 오면 신나게 물웅덩이에 뛰어들고 신발과 양말이 다 젖은 채로 집에 가서 엄마에게 맨날 꾸중을 들었다. 그런데 신기하게도, 혼나는 와중에도 행복했다. 그때나 지금이나 비가 오는 건 똑같다. 달라진 건 오직 내 마음, 내가 선택한 감정뿐. 오늘, 비를 맞았다고 해서 꼭 짜증을 내야 했을까? 하루 전체를 '재수 없는 날'로 단정 지을 만큼 오늘 내린 비가 큰일이었을까? 어릴 때처럼 내리는 비를 보고 기뻐할 순 없더라도, 그냥 담담히 받아들이기만 해도 괜찮았을 것이다.

상황에 따라 무조건 정해진 감정이 자동 발생하는 건 아니다. 울음이 나오는 순간 팡 울어버릴 수도 있지만 참으면 또 어느 정도는 참아진다. 그 말은 곧 감정이 억제할 수 없는 본능이 아니라, 어느 정도는 의지로 통제할 수 있는 것이라는 뜻이다.

감정은 한순간, 찰나에 확 치밀어 오른다는 특징이 있다. 슬픔, 분노, 당황, 서운함… 다양한 감정이 상황에 따라 마음속에 일어난다. 우리는 이 연쇄적인 감정의 분출을 잠시 참을 수 있어야 한다. 사건과 내 감정 사이에는 체감조차 하지 못할 만큼 짧은 시간 간격이 있다. 그 순간에 브레이크를 잡고, 감정에서 독립해보자. 상황을 조금 더 긍정적으로 바라볼 수 있는 나만의 완충지대를 만들기 위해 노력해야 한다. 감정의 파도에 밀려 성급하게 판단하고 말하거나 행동하면, 오히려 더 안 좋은 결과를 낳을 수 있다. 나의 경우, 그 순간에 마음속으로 이렇게 외친다.

나는 부처다.

그렇게 다잡고 나면 폭주하려는 마음에 브레이

크가 걸리고, 나를 한 걸음 떨어져서 바라볼 수 있게 된다. 물론 쉽지 않다. 생각보다 굉장히 어렵고, 살다 보면 감당하기 힘들 정도로 화나고 슬픈 일들이 몰아칠 때도 있다. 하지만 감정도 습관이자 훈련의 결과다. 꾸준히 연습하면, 전부는 아니더라도 일정 부분은 충분히 다스릴 수 있다. 이 세상, 이 우주는 우리가 존재하든 하지 않든 멈추지 않고 잘만 돌아간다. 그 안에서 나에게 주어진 한정된 시간을 행복하게 살아갈 수 있는가 여부는 결국 내가 어떤 감정을 선택하느냐에 달려 있다. 모든 것은 일체유심조(一切唯心造)다. 하루를 기쁨으로 시작하면, 그 하루 전체가 달라지고 그런 하루하루가 쌓이면 일주일, 한 달, 일 년, 평생이 바뀔 수 있다. 감정은 신체에도 영향을 준다. 긍정적인 감정은 의욕과 열정을 불태워 어떤 일이든 잘 풀어 나갈 힘이 된다. 행복해지는 방법은 어쩌면 아주 단순하다. 이게 우리가 살아가는 본질일지도 모른다.

남들은 생각보다 나한테 관심이 없다

잠자리에 누워 오늘 있었던 일을 곰곰이 떠올리다가 창피해서 이불을 머리끝까지 뒤집어쓰고 발길질을 해본 적이 한 번쯤은 있을 것이다. 오늘뿐만 아니라 몇 달, 아니 몇 년이 지난 과거의 장면들까지 줄줄이 소시지처럼 떠오르며 날 심히 창피하게 만든다. 이런 기억들은 잊을 만하면 머릿속 서랍장에서 슬그머니 빠져나와 나를 괴롭힌다.

우리는 과할 정도로 남의 시선에 에너지를 쏟으며 살아간다. 별것도 아닌 일을 자꾸 되뇌며 스스로를 몰아붙이는 걸 보면, 꽤나 예민하게 살아가고 있는지도 모른다. 다른 사람들은 이미 다 잊고 자기 삶을 살아가고 있는데 말이다. 아침에 머리를 감지 못

해 까치집을 한 채 돌아다닌 일, 이 사이에 고춧가루가 낀 것도 모르고 웃고 떠들던 일, 옷에 음식을 흘린 일… 겉으로 드러나는 모습에 조금이라도 문제가 생기면 초조하고 불안하다. 혹시 누가 나를 바보라 생각하진 않을까, 비웃지는 않을까 걱정하며 괜히 움츠러든다.

그런데 팩트를 말하자면, 타인은 정말 우리에게 티끌만큼도 관심이 없다. 솔직히 그들에게 우리는 그저 스쳐 지나가는 찰나의 장면일 뿐이다. 그들도 당장 해야 할 일들과 삶의 무게에 눌려 바쁘게 살아가는데, 당신이 더럽게 다니든 말든 신경도 안 쓴다. 물론 '어, 저 사람 옷에 케첩 묻었네' 정도는 인지할 수 있겠지만 정말로 그게 전부다. 그처럼 사사로운 모든 일을 머릿속에 담아둘 여유도 없고, 그렇게 할 이유도 없다. 그러니 전혀 신경 쓰지 않아도 된다. 이 케첩 묻은 나무들아.

심리학에서는 이런 현상을 '스포트라이트 효과'라고 한다. 마치 내가 무대 위에 올라 스포트라이트를 받고 있기라도 한 양 착각하는 것이다. 왜 이런 생각을 할까? 우리는 남의 생각을 알 수 없기 때문에 스스로 판단해 남들도 그럴 것이라고 지레짐작하는 것이다. 당연한 일이다. 우리는 태어나서 지금까지 오직 나의 시선으로 세상을 바라봤으니까. 이 세상의 주인공은 나니까 내 눈에 보이는 게 전부라고 착각하는 것이다. 마치 아이들과 숨바꼭질할 때, 자기 눈만 가리고선 '안 보이겠지?' 생각하는 것과 똑같다. 또 우리 사회는 특히 체면을 중시하는 문화를 오랫동안 이어왔고, 자라면서 받는 교육이나 미디어의 영향, 특히 요즘의 SNS 문화까지 종합되어 모두가 '보이는 나'에 더 신경 쓰게 만든다. 일상을 공유하자는 목적으로 만들어진 SNS가 주객전도되어 SNS를 위해 고급스러운 일상을 연출하는 기이한 현상이 벌어지기도 한다.

하지만 우리는 조금 더 단순하게 살아도 괜찮다. 실제로 나를 평가하는 건 남들이 아니라, 남들인 척하는 나 자신일지도 모른다. 신경 쓰지 않아도 될 일에 힘을 쏟는다면, 결국 나만 피곤해질 뿐이다. 그러니 이제, 조명 환한 무대 위에서 폴짝 내려오자. 무

대 밖에서 편안하게 걸어 다니며 몸과 마음의 스트
레스를 해소하고, 조금 더 가볍게 살아가자.

거절할 줄 아는 사람이 존중받는다

어릴 적부터 우리는 '남을 도와야 한다'는 말을 많이 듣고 자랐다. 그래서인지 많은 사람이 대외적으로 '나는 좋은 사람이어야 해' '남에게 폐를 끼치면 안 돼'라는 생각을 갖고 살아간다. 누군가 안타까운 사정을 늘어놓으며 부탁해 오면, 내 상황도 여유롭지 않은데 괜히 외면하면 안 될 것 같아, 결국 무리하면서까지 도와주게 된다. 뻔히 도움이 필요한 상황인 줄을 알면서 외면하기가 쉽지 않기 때문이다.

착한 건 알겠다. 하지만 무조건 들어주는 것만이 친절은 아니다. 거절할 줄도 알아야 한다. 사람은 학습하는 존재다. 한 번 무리해서 부탁을 들어주면, 다음번에도 다시 같은 부탁을 받게 될 가능성이 커진다. 나중엔 당연하게 여길지도 모른다. 하지만 만약 첫 시도에 명확하게 거절한다면 다음에 같은 부탁을 받을 일이 없다. 우리는 히어로가 아니다. 모든 부탁을 들어줄 의무도, 책임도 없다. 물론 남을 돕는 것은 훌륭한 일이다. 하지만 그렇다고 내 영혼까지 갈아서 도와줄 필요는 없다. 먼저 나 자신부터 지켜야한다.

물론 거절이 쉬운 일은 아니다. 다짜고짜 "싫어! 안 해!"라고 딱 잘라 말해버리면 상대방도 무안해지고 관계도 어긋날 수 있다. 거절도 되도록 우아하고 매너 있게 해야 한다. 상대가 왜 부탁하는지, 어떤 상황인지 먼저 잘 들어주는 게 중요하다. 그 마음에 공감해줘야 상대도 최소한 '아, 내 상황을 이해해주긴 하는구나'라고 느낄 수 있다. 다음엔 내가 왜 그 부탁을 들어줄 수 없는지를 분명하게 이야기해야 한다. '내가 이러한 이유와 상황 때문에 당신의 부탁을 들어줄 수 없다'라고 분명히 말하자. "글쎄… 시간이 되려나? 그때 가서 보고 되면 해줄게"와 같이 애매하게 걸친 거절은 상대를 혼란스럽게 만든다. 가장 중요한 건, 거절하면서 굳이 사과할 필요는 없다는 점이다. 부탁을 들어주지 못한 것이 무례나 잘못은 아니다. 우리가 시장에서 호객 행위 하는 상인들에게 일일이 죄송하다고 말하며 지나가지 않는 것과 마찬가지다. 정중하지만 당당하게, 그러면서도 흔들림 없이 단호하게 거절할 줄 알아야 한다.

부탁하는 사람도 나름의 사정이 있고, 용기 내어 말한 것이며, 거절당하면 상처를 받을 수도 있다는 것쯤은 안다. 여유가 있다면 도와줄 수 있지만 그렇지 않은 상황에선 자신을 갉아먹으면서까지 예스맨이 될 필요는 없다. 타인과 나 사이에 건강한 경계선을 구축해놓고 거절할 줄도 알아야 한다. 타인의 기대에 부응할 수 없는 때가 있음을 알고 미움받을 용기를 가져야 한다. 그게 곧 스스로를 지키는 일이자, 오래도록 관계를 지속하는 방법이다. 우아하고 단단하게 거절할 수 있는 사람이 존중받는다.

거절도 연습이 필요하다. 계속 연습하다 보면, 어느 순간 자연스럽게, 상처 주지 않고 거절할 수 있게 될 것이다. 그런 사람이야말로 진짜 강한 사람이다.

당신은 신이 아니다

한 방송 프로그램에 서른이 넘은 아들의 모든 일상을 도맡아 돌보는 어머니가 소개되었다. 어머니는 아들이 태어날 때부터 몸이 약했다며, 자신이 해줄 수 있는 건 무엇이든 다 해주고 있다고 말했다. 아들은 방에서 컴퓨터 게임을 하며 목이 마르면 물을 달라고, 배가 고프면 밥을 달라고 한다. 스스로 직장을 구하지 않고 부모에게 경제적으로 의존하지만, 어머니는 그런 모습마저도 '예쁘다'며 모든 요구를 기꺼이 들어준다. 특히 아들의 건강이 염려된다면서도, 담배를 사러 나가기 힘들까 봐 직접 편의점에서 담배까지 사다 주는 아이러니한 모습도 보여주었다. 어머니는 인터뷰에서 "나는 아들을 위해 뭐든 해줄 수 있어요. 나는 아들만의 신이에요"라고 말하며, 아들에 대한 절대적인 헌신을 드러냈다.

그걸 보는 나는 의문이 들었다. '저게 진짜 사랑일까?' 한 사람의 삶을 책임진다는 건 대단해 보일지도 모르지만, 사실 저 상황만 놓고 보면 아들의 성장을 완벽히 차단하고 있는 것이나 다름없다. 아들도 당장은 편할 수 있지만 어머니란 존재가 영원하진 않다. 어머니는 언젠간 떠나게 될 텐데, 그 뒤에 남은 아들이 혼자서 스스로 자급자족할 수 있을까?

이와 비슷한 양상을 우리 주변의 연인 관계에서도 생각보다 자주 찾아볼 수 있다. 이를 '메시아 콤플렉스' '메시아 신드롬' '구원자 망상'이라는 심리학 용어로 명명하기도 한다. 힘든 상황에 처한 사람들, 과거에 큰 상처를 받고 혼란스러워하는 사람들, 무기력한 사람들에게 관심을 가지게 되고 돌보고 싶은 마음이 커져 사랑에까지 빠지는 케이스이다. 누군가의 슬픈 이야기를 들으면 연민을 초월해 강한 끌림을 느끼며 자신이 그를 돌봐서 상황을 좋게 만들어주고 싶어 한다.

보통 이들의 구원자 성향은 자신이 살아온 경험을 토대로 형성됐을 가능성이 크다. 어린 시절 사랑받지 못했던 것에 대한 보상심리로 다른 사람에게 결핍된 사랑을 자신이 채워주고 싶어 한다. 자신의 결핍을 타인을 돌보면서 채우는 것이다. 자기가 호의를 베풀면 상대가 감동하여 자신을 좋아해줄 것이라고 생각하기도 하며 나만이 이 사람을 구할 수 있다는 은밀한 우월감에 취해 있다. 실제로 이런 사람들은 자신과 비슷한 환경에 있는 사람들에게 끌리기 쉽다.

이들은 감정적으로 불안정한 사람을 보면 자연스럽게 내가 도와줘야겠다고 생각하면서 그걸 사랑이라고 착각한다. 하지만 일방적인 연민과 동정심에 기초한 사랑이라… 과연 건전하다고 할 수 있을까? 이들은 시간이 흐르면 서로를 잡아먹는 괴물로 변질될 수도 있다. 구원자는 돌봐준 대가를 요구할 수 있고, 구원받은 자는 구원자에게 모든 걸 부탁하거나 끊임없이 집착할 수도 있다. 균형이 맞지 않는 사랑이다. 흡사 한 사람이 다른 사람을 안고 외나무다리를 위태롭게 건너는 형상이다.

구원자들은 상처 입은 영혼을 감싸안고 마음의 조각을 꿰매주는 걸 좋은 사랑이라고 착각한다. 커다란 착각에 불과하며 내가 그렇게 해줘야만 한다는 의무감을 가질 필요도 없다. 상처를 극복하기 위해선 분명 혼자만의 시간과 노력도 필요하다. 인간은 살면서 계속 성장하는 존재다. 한 계단 올라가면 새로운 세상이 눈앞에 펼쳐지고 다시 열 계단 올라가면 또 다른 세상이 보인다. 매 층마다 나타나는 현상과 세계의 모양은 다르며 각각에 맞는 어려움이 따른다. 그 계단은 결국 내가 스스로 올라야 하며, 어려움 또한 알아서 헤쳐나가야 한다. 자의가 됐든 타의가 됐든 옆에서 누가 그걸 대신해준다면 내 기회를 박탈당하는 거다. 혹시라도 구원자나 구원받는 자가 될 상황에 처해 있다면 당장 떠나라. 그것이 진짜로 당신과 상대방을 위하는 길이다.

세 가지만 잘 맞는다면 함께해볼 만하다

세포가 분열해서 똑같은 유전자 형질을 가진, 사실상 서로의 복제품이자 분신이라 할 수 있는 일란성 쌍둥이조차도 서로를 보고 노답이라며 으르렁댄다. 세상 살아가면서 나와 100퍼센트 완벽하게 맞아떨어지는 사람은 존재하지 않는다. 태초의 기질과 성격, 자라온 환경이 다 다른데, 사고방식과 행동 방식이 같을 리가 없다. 그러니까 인생은, 최대한 나와 맞는 사람을 찾아서 이 폭풍 같은 세상을 함께 손잡고 나아가는 거다. 특히 연인이나 평생 함께해야 할 배우자 관계에서는 '잘 맞는다'는 것이 정말 중요하다.

주위를 보면, 처음에는 모든 게 사랑스럽고 귀여

워 보이고, 서로가 없으면 죽을 것 같아서 결혼했다던 사람들이 시간이 지나 냉랭하게 살아가는 경우가 많다. 처음엔 그렇게 뜨겁더니 같이 살며 서로 맞지 않는다는 걸 느끼고서는 서로에게 막말을 하거나 아예 없는 사람 취급을 하며 자식 때문에 억지로 함께 살아가는 부부가 된다. 한때는 가장 소중하던 사람이 지금은 남보다 못한 관계가 되는 것이다. 개인적인 생각이지만, 최소한 앞으로 말할 세 가지 정도는 나와 잘 맞는지를 점검해보는 게 좋다고 본다. 특히 이 사람이 평생 함께할 수 있는 사람인지 판단하는 기준점으로 한 번쯤 짚고 넘어가보자.

1. 코드

'웃음 코드' '빡침 코드'뿐만 아니라 '대화 코드'가 잘 맞아 감정의 희로애락을 공유할 수 있어야 한다. 드립이나 장난을 치면 더 웃기게 받아주고, 상황극 개그에 들어가면 센스 있게 응수해주고, 쳐다만 봐도 웃음이 터지는 사람이어야 한다. 혼자 삘받아 신났는데 돌아오는 반응이 "그래서… 뭐?"라면 얼마나 허무하고 재미없겠는가. 내가 "나 오늘 무시당해서 너무 화나"라고 말했을 때, "그게 화날 일이야?"가 아니라 "어디야? 내가 혼쭐내줄게"라고 반응해주는 사람을 만나야 한다. 대화 코드란 지적 수준이 비슷해 생각을 주고받으며 이야기를 이어 나갈 수 있어야 한다는 뜻이다. 이런 코드들이 맞아야 정서적 안정감과 편안함, 친밀감이 생기고 오래 함께할 수 있다. 쉽게 말해, 티키타카가 잘되고 쿵짝이 잘 맞는 파트너여야 한다는 것.

2. 가치관

각자 삶에서 중요하게 생각하는 가치들이 얼마나 비슷한지도 봐야 한다. 누군가는 가정의 평안과 안정이 최우선일 수 있고, 또 누군가는 자아실현과 성장에 가장 큰 의미를 둘 수도 있다. 이런 가치의 우선순위가 상충되면 가정생활 자체가 크게 흔들릴 수 있다. 서로가 여러 가치 중 어디에 우선순위를 두는지, 그것이 삶에 있어 얼마큼 큰 부분을 차지하는지 대화를 통해 파악해야 한다. 미래에 대한 가치관의 차이가 돈의 쓰임이나 육아 방식, 심지어 집안의 분위기에까지 영향을 미친다. 나는 경험을 중요시해서 함께 여행을 다니고 싶어도 상대는 그러기보다는 저축하거나 실용적인 물건을 사는 것이 더 낫다고 생각할 수도 있다. 이성에 대한 기준과 가치관의 차이로 인해 부부관계가 끝나는 경우도 보았다. 가치관의 차이는 아주 작게 시작하지만 결국에는 엄청난 갈등의 씨앗이 된다. 최대한 나와 가치관이 유사한 사람을 만나는 게 현명하다.

3. 갈등을 해결하는 방식

살다 보면 크고 작은 갈등은 필연적으로 생긴다. 중요한 건 그 갈등을 어떻게 조율하고 해결해 나가느냐이다. 예를 들어 한 사람은 갈등이 생기면 시간을 좀 두고 생각해봐야 하는 스타일일 수 있다. 일주일쯤 시간을 두고 왜 갈등이 생겼는지, 어떤 부분이 문제였는지, 나의 잘못은 무엇이고 상대방의 잘못은 무엇인지, 어떻게 해결할 것인지를 파악하고 화를 가라앉힌 후 최대한 이성적으로 접근하려 한다.

하지만 다른 한 사람은 바로 풀어야 마음이 편해지는 성격이다. 이 사람은 담아둘수록 스트레스가 쌓인다. '나를 무시하나? 왜 얘기를 안 해?'라는 오해가 커지고 결국 감정이 폭발하게 된다. 이 둘이 만나면 한쪽은 "왜 말을 안 해?"라며 답답해하고, 다른 쪽은 "왜 이렇게 닦달하냐"라며 질려버리고 치를 떤다. 이런 충돌이 반복되면 결국 감정이 식고, 마음의 벽이 생긴다. 그러니 갈등 상황에서 서로의 해소 방식을 얼마나 존중하고 조율할 수 있는지도 꼭 짚어봐야 한다.

나를 위해 닭다리와 날개를 양보하는 그(알고 보니 원래 그냥 퍽퍽한 닭가슴살을 좋아함)보다는 나처럼 닭다리와 날개를 좋아해서 윙봉 콤보를 시켜 먹자고 하는 사람이 더 좋을 수도 있다.

백 퍼센트 보장되는 성공은 없다

직장을 다니며 육아를 병행하는 지인이 둘 있었다. 어느 날, 신기하게도 두 사람 모두 영어 공부를 하고 싶다고 말했다. 여기까지는 똑같았다. 하지만 그 이후 둘의 행보는 완전히 달라졌다. A는 그날부터 점심시간마다 영어책을 펼쳤고, 출퇴근길엔 운전하며 영어 리스닝 음원을 들었다. 점점 공부에 재미가 붙고 자신감이 생기자, 심지어 잠자는 시간까지 줄여가며 영어 공부에 매진했다. 그러자 실력도 눈에 띄게 늘어갔다. 반면 B는 하고 싶다고 말은 했지만 "일 때문에, 육아 때문에, 시간이 없어서, 체력이 안 돼서, 돈이 없어서…" 등등 할 수 없는 이유만 끝없이 나열하며 결국 시작조차 못 했다. 누가 시킨 것도 아니었고 안 해도 그만이었지만 B는 본인이 한 말이 민망했는지 핑곗거리만 찾았다. 시간이 흐르자 결국 "이 나이에 영어를 공부해서 뭐 하겠냐"라며 자신의 가능성에 스스로 쐐기를 박아버렸다.

물론 사람마다 사정이 있고 처한 환경과 체력적, 심리적 여건이 다르기 때문에 단정 지을 수는 없다. 하지만 제삼자의 입장에서 바라보자면, A는 어떻게든 본인의 상황 속에서 '할 수 있는 방법'을 찾았고, B는 어떻게든 '못 하는 이유'를 만들어내기에 바빠 보였다. 사실 B가 말한 이유들은 조금만 의지를 가지면 충분히 해결할 수 있는 것들이었다. 그 모습을 보며 문득 이런 생각이 들었다. 정말 우리가 뭔가를 못 하는 건 외부 환경 때문일까? 내적인 이유 때문은 아닐까?

우리는 무언가를 시작하려 할 때 '안 되는 이유'부터 찾는 습관이 있다. 공부든 운동이든, 사업이든 먼저 가능성부터 확인하고 부정적인 미래를 예측한다. 그러나 처음부터 100퍼센트 성공이 보장되는 경우는 없다. 차근차근 시간이 흐르고 경험이 쌓이면서 10퍼센트의 가능성이 20퍼센트가 되고, 30퍼센트가 되고, 100퍼센트에 도달하는 거지. 특히 나는 "시간이 없어서 못 한다"라는 말은 믿지 않는다. 이런 말을 하는 사람들이 집에서는 몇 시간씩 유튜브를 보며 시간을 흘려보낸다는 걸 알기 때문이다.

하루 중 오롯이 '자신만의 무언가'에 전념하는 시간을 갖는 사람이 생각보다 많지 않다. '이것 때문에 안 되고, 저것 때문에 안 된다'는 생각만 하다 보면 마음속 실행력은 점점 줄어들고, 결국 시도도 못 해 보고 포기하게 된다. 맞다. 무언가를 '한다'는 건 힘든 일이다. 삶은 내 뜻대로 흘러가지 않으며 고통이 언제나 따라다닌다. 하지만 부정적인 생각 대신 긍정적인 기대를 품고, 마치 정글 속에서 칼 한 자루 들고 앞을 가로막는 잔가지와 넝쿨 들을 하나둘 쳐내며 나아가듯이 정진해야 한다. 방법을 찾고, 실천하고, 포기하지 않는다면 고통은 반드시 달콤한 결과물로 돌아올 것이다.

패를 다 까지 마라

고스톱을 칠 때, 상대의 패가 모두 보인다면 얼마나 쉬울까? 그가 먹을 패를 먼저 싹쓸이해가고 이것저 것 던져주며 불리한 척하다가 마음만 먹으면 영혼까 지 뽑아 먹을 수 있다. 짝귀로 빙의해 포고, 파이브 고까지는 우습게 갈 수 있을 것이다. 이처럼, 자신을 지나치게 드러낸다는 것은 결코 좋은 결과만을 가져 오지 않는다. 우리는 평소 말을 할 때, 무의식적으로 자신의 생각, 습관, 심지어 인생관까지 자연스럽게 드러낸다. 물론 이 과정에서 유익한 정보와 공감이 오가기도 하지만, 약점과 고민도 함께 흘러나온다.

만약 자신에 대한 TMI를 계속해서 흘려보낸다면, 사람들은 어느 순간 나에게 흥미를 잃을 것이다. 인간관계, 사회생활, 연인 관계 모두에서 중요한 것은 항상 상대방이 나에게 집중하게 하는 것이다. 내가 무슨 생각을 하고 있는지, 다음에 어떤 말을 할지 궁금해하게 만들어야 한다. 궁금증 안에는 언제나 적당한 긴장감과 경계심이 섞여 있다. 그리고 그 긴장감이 나를 쉽게 대하지 못하도록 만든다.

초행길을 운전할 때 사람들은 주변을 유심히 살핀다. 혹시 뭐가 튀어나오지 않을까, 과속 단속 카메라는 없을까, 신호는 언제 바뀔까 긴장하며 조심조심 운전한다. 하지만 매일 다니는 출퇴근길은 다르다. 이미 도로 사정을 충분히 알고 있기 때문에 긴장을 풀고 쌩쌩 달린다. 이처럼 관계에 익숙해지면 경계심은 사라지고, 그로 인해 느슨해지면 실망과 갈등이 생긴다. 사람들은 왜 가까운 사이일수록 자주 싸울까? 서로를 너무 잘 알기 때문이다. 알고 있는 정보가 많아질수록, 충돌하는 지점도 늘어난다. 심지어 서로 어떤 말에 상처를 받을지 너무 잘 알기 때문에, 갈등이 생기면 일부러 그 부분을 더 깊숙이 찌르고 아프게 만들기도 한다.

롱런하는 관계를 원한다면, 말수를 조금 줄이고 적당한 긴장감을 유지하는 것이 중요하다. 계속 궁금한 사람, 쉽게 다 읽히지 않는 사람. 우리는 그런 사람에게 더 집중하게 되고, 오래도록 곁에 두고 싶어지기 마련이다. 신비로운 사람이란 단순히 말이 없는 사람이 아니라, 자신에 대한 정보를 전략적으로 다루는 사람이다.

받아들이고 흘려보내라

좋지 않은 감정이 마음속에 피어오르면, 이상하게도 부정적이고 비관적인 생각이 꼬리에 꼬리를 물고 이어진다. 예를 들어, 업무 실수로 슬픈 상황이 생겼다고 해보자.

난 왜 이럴까 → 정말 무능하고 바보 같아 → 이러니 다들 나를 싫어하지

이런 식으로 생각이 점점 극단으로 치닫는다. 결국 자신감과 자존감은 떨어지고, 다른 사람들 눈치를 보기 시작한다. 상사는 오히려 괜찮다고 말하며 나를 위로해주지만, 정작 나는 자책하며 스스로를 질타한다. 마치 감정의 늪에 스스로 바짓가랑이를 걷어 올리며 들어가는 꼴이다. 남들은 괜찮다는데도 혼자서 스트레스를 키우고, 결국엔 혼자서 상처받는다.

화가 나는 상황도 비슷하다.

타인 때문에 화가 난다 → 그 사람을 보면 짜증 난다 → 다른 면까지 미워 보인다 → 주변 사람들의 행동조차 거슬린다

이렇게 부정적인 감정은 연쇄적으로 확장된다. 결국 울화통이 터지고 혼자만 괴로워진다. 상대가 던진 불붙은 공을 손에 쥐고 있기만 해도 뜨거운데, 그걸로 온몸을 스톤 마사지 하고 있는 꼴이다. 당장이라도 그 공을 그놈에게 다시 던져버리고 싶겠지만, 현명하고 멋지게 살기 위해서는 조용히 바닥에 내려놓아야 한다. 감정이란 컨트롤하기 어려운 영역이지만, 객관적이고 초연하게 바라보려는 태도가 필요하다.

좋지 않은 감정을 굳이 계속 이어갈 필요 없다. 내 건강만 해칠 뿐이다. 흔히 사람들은 부정적인 감정을 긍정적인 감정으로 덮어버리라고들 한다. 하지만 그러다 보면 감정을 부인하는 데서 오는 더욱 큰 스트레스를 받게 된다. 부정적인 감정을 차단하기보단 있는 그대로 받아들이고 자연스럽게 흘려보내야 한다. 많은 사람이 '플러스 감정'만 추구하고 '마이너스 감정'은 좋지 않다고 생각한다. 감정이란 건 본래 양면적이다. 기쁨과 슬픔, 평온과 분노가 한 사람 안에 공존할 수밖에 없다. 이건 자연스러운 일이며, '음(陰)'의 감정이라고 해서 결코 나쁜 것만은 아니다. 그저 감정의 한 영역일 뿐이니까. 이걸 무리하게 억누르려고 하면 탈이 날 수도 있다.

감정은 억누르고, 없애고, 바꿔야 할 대상이 아니라, 이해하고 다뤄야 할 대상이다. 감정과 싸우려 들지 말고, 감정과 함께 걸어가는 연습을 해야 한다. '지금 나는 화가 났구나' '섭섭하고 힘들어' 하고 알아차리고 무(無)의 상태로 받아들여라. 존재하되, 집착

하지 않고, 흘러가도록 내버려두는 게 회복의 시작
이다.

매일 맑으면 사막 된다

친구 중에 SNS에 게시물을 하루에 스무 개 넘게 올리는 친구가 있다. 일상을 올리는 게 아니라, 대개 스스로를 기분 좋게 만들기 위한 질문들이다. 예를 들어 셀카 두 장을 올려놓고, "머리를 묶은 게 예쁜가요, 푼 게 예쁜가요?"라고 묻는다. 그러면 SNS 친구들은 "A가 예뻐요!" 혹은 "B가 잘 어울려요!"라고 대답해주고, 친구는 기분 좋아 그 답글을 다시 캡처해서 올린다. 생각해보면, 어느 쪽을 골라도 결국은 칭찬이다. 둘 다 예쁘다고 칭찬할 수밖에 없는 질문이 아닌가. 대놓고 "야, 둘 다 별로야. 그만 좀 올려"라고 말할 정도로 모진 사람은 없으니까. 어떠한 형태로든 칭찬을 듣고 힘을 얻고 싶어 하는 마음은 이

해된다. 누구나 기분 좋아지고 싶고, 밝고 예쁜 말에서 위안을 얻고 싶어 하니까.

하지만 가까이에서 지켜본 나로선 조금 다른 생각이 들었다. 친구는 겉으로 보기엔 항상 활기차고 긍정적이지만 실제로는 그렇지 않았다. 솔직히 친구가 처한 상황은 결코 가볍지만은 않았다. 하고 있는 사업에서 어려움에 처했고, 가족들과의 관계에서도 고통을 겪고 있었다. 하지만 힘듦과 슬픔을 받아들이지 않고 회피하면서 남들에겐 항상 좋은 모습만 보여주려고 했다.

대화를 해보면 드러내놓고 말하진 않지만 걱정과 불안이 가득했다. 하지만 항상 괜찮은 척하고 모든 감정을 숨기기 급급했다. 남들이 자신을 약한 사람으로 보고 동정할까 봐 오로지 행복한 모습만 보여주려 했다. 평온할 때도 불안을 느끼는 이 친구에게는 평상시에도 행복해야 한다는 강박이 있었다. 과하다 싶을 정도로 밝은 척하는 모습을 볼 때는 가까운 친구로서 무척 걱정되었다. 정신 승리도 어느 정도 해야지, 계속되다 보면 곪아 터져 크게 탈이 날

것 같았다.

　그래서 조심스럽게 전한 말. "매일 맑으면, 사막이 된다." 햇살이 늘 따뜻하고 맑기만 하다면, 그 땅은 결코 비옥해질 수 없다. 땅이 건강하게 숨 쉬려면, 계절이 있어야 한다. 때로는 얼어붙기도 해야 한다. 토양은 겨울철에 땅땅하게 얼어 입자가 팽창되었다가, 따뜻한 계절에 점점 녹으면서 그 사이로 유기물들이 스며들어 부드러워지는 것이 아닌가. 비도 내려줘야 한다. 비가 내려 수분이 적당해야 유기물이 잘 분해되어 식물의 생장을 돕는 무기양분으로 바뀔 수 있으니까. 그렇게 다양한 기후와 시간을 거쳐야만, 땅은 진짜로 살아 있는 흙이 된다. 마음도 그렇다. 한 명의 인간으로서 슬프면 울어도 되고, 짜증 나면 화를 내도 된다. 감정을 어느 정도 받아들이고 표현해야 바람이 통한다. 닫힌 감정은 결국 안에서 곪아 썩고, 그 끝엔 누구도 살아갈 수 없는 메마른 사막 같은 마음만 남게 될지 모른다. 진짜로 잘 살고 싶다면, 먼저 '괜찮지 않은 나'를 인정하는 것부터 시작해야 한다.

앗네의 일기는 이제 그만

머리 끝부분이 상해서 다듬으러 미용실에 갔다. 디자이너 선생님은 내 머리를 이리저리 들춰보더니 "고객님, 두피가 조금 예민해 보이는데, 가볍게 스케일링 한 번 받아보세요. 두피도 건강해지고 머리도 가벼워져요!"라며 권유한다. '비듬이 있었나? 다른 사람들도 그렇게 생각할까? 그래도 날 위해 조언해 주신 걸 텐데… 해야 하나?'라는 생각이 든다. 결국 대답한다. "앗! 네! 할게요."

스케일링이 끝나고 본격적인 커트가 시작되려는 찰나, "머릿결이 좀 건조하네요. 이왕 하시는 거, 클리닉까지 같이 받으면 훨씬 부드러워지거든요!"라며 또 권유한다. '어, 이것도 해야 하나…' 고민하는

데 선생님은 '당연히 하셔야죠' 하는 눈빛으로 나를 쳐다보고 있다. 거절하면 안 될 것 같다. "앗! 네! 할게요…."

"고객님, 머리카락 색이 좀 바랬는데, 전체 염색 한 번 하시죠. 얼굴이 확 살 것 같은데."

"앗! 네!"

"잔머리가 뜨는데 부분 매직 넣어드릴까요? 훨씬 정돈돼요."

"앗! 네!"

"앞머리 가르마가 갈라지는데 펌 살짝 넣어드릴게요. 그럼 손질하기가 훨씬 편해요."

"앗! 네!"

"지금 쓰시는 제품 말고 이 샴푸랑 트리트먼트 써 보세요. 성분이 좋은데 가격도 괜찮게 나왔어요."

"앗! 네!"

분명 머리끝만 조금 다듬으러 갔을 뿐인데, 34만 5천 원을 결제하고 나왔다. 이번 달 카드값도 빠듯한데, 또 예상치 못한 지출이 생겨버렸다. 난 항상 이런 식이다. 남의 부탁도 거절 못하고. 흑흑.

거절하는데 왜 자꾸 죄책감이 들까? 단호하게 거절하면 되는데 그게 쉽지 않은 사람들이 생각보다 많다. 심성이 착한 것도 있지만 그보다 상대의 감정을 지나치게 신경 쓰기 때문이다. 이런 상황은 단지 서비스나 제품 구매뿐 아니라 모든 인간관계에서 반복된다. 내 말과 행동으로 상대가 기분 상하지 않을까 걱정하고, 자연스럽게 내 주장과 의견을 감추게 된다. 사실 눈치 보는 성향 자체가 나쁜 건 아니다. 오히려 적당한 눈치는 센스이자 관계의 기술이다. 하지만 자기 자신을 희생하면서까지 남의 시선을 신경 쓸 필요는 없다.

다른 사람 눈치를 과하게 살피는 사람들은 정서적으로 지지받고 싶은 욕구가 큰 사람들이다. 자기 확신이 부족하기에 무엇이든지 주변으로부터 '괜찮다'는 말을 들어야 안심이 된다. 이들에게는 관계가 너무 소중하기 때문에 자신으로 인해 깨질까 봐 늘 두려워한다. 그들이 나를 미워해서 떠나버리면 너무나도 큰 상처를 받을 것이기 때문에 관계를 유지하기 위해 스스로를 포기해버린다. 항상 남들에게 내 모습이 어떻게 비칠까 걱정하며 안절부절한다. 이런 '평화주의자'들은 괜히 자기 주장을 펼쳤다가 갈등이 생길까 봐 항상 다른 사람의 주장을 수용하고 따라가는 쪽을 택한다. 의사 표현 자체를 안 하니 끌려다닐 수밖에.

초반에는 모두가 그런 당신을 좋은 사람이라 칭찬하겠지만, 어느 순간 이후에는 심지어 당신을 이용하려는 사람도 생길 수 있다. 편하고 즐거운 시간을 보내기 위해 친구들을 만나면서 내가 하고 싶은 것을 하고 먹고 싶은 것을 먹기보단 항상 일방적으로 남의 취향에 맞추기만 한다면 결코 즐겁지 않을 것이다. 자기 자신을 무시하고 저버리는 악순환의 삶이다. 굳이 스스로 그런 늪에 들어갈 필요가 있을까? 그렇게 힘들게 지내야만 하나?

뿌리치고 나올 수 있는 사람은 오직 자신뿐이다. '좋은 사람이어야 한다'는 의무감을 가질 필요도 없다. 사람들은 생각보다 단순하게 살아간다. 당신처럼 생각에 생각이 꼬리를 물지 않는다. "No!"라고 외쳐도 그냥 '싫은갑다' 하고 넘어간다. 그러니까 당신도 밤에 누워서 '오늘 내가 한 말 때문에 그 사람이 나를 싫어하면 어떡하지?' 고민하지 말고 그냥 코 골면서 쿨쿨 자도 된다. 미움받은 것도 아니고, 관계가 끝난 것도 아니다. 단지 나를 위한 경계를 지켰을 것뿐이다. 관계보다 내 자존감과 주체성을 지키는 것이 우선이다. 타인의 시선과 기대에 부응하려 하기보다 내가 내 인생의 주인공이라는 사실을 인정해야 더 멋지고 튼튼한 삶을 살 수 있다.

버릴 건 버려

어릴 적 정말 좋아하던 로봇 장난감이 있었다. 늘 소중하게 아끼며 가지고 놀았지만, 어느 날 허리 부분이 부러져 두 동강 나버렸다. 워낙 애착이 깊었던 터라 아빠에게 부탁해 테이프로 감고 본드를 발라가며 계속 고쳐 썼다. 하지만 같은 부위가 계속 반복해서 부러졌고, 끝내는 더 이상 고칠 수 없겠다고 판단했다. 아쉽고 슬펐지만 결국 버릴 수밖에 없었다.

인간관계도 마찬가지다. 상처받고 회복하면서 관계를 유지하려 애쓰지만, 같은 상처는 반복되고 결국 되돌릴 수 없게 된다. 연인 관계 역시 대부분 좋고 잘 맞더라도 몇 가지가 계속해서 부딪치고 그로 인해 반복하여 다투게 된다면, 결국 이별을 맞이하

121　　　　　　　　　　

게 된다. 서로 맞춰가는 관계가 가장 좋지만, 모든 관계가 그렇게 순탄하게 흘러가지만은 않는다. 그렇다면 어떻게 해야 할까? 노력했음에도 불구하고 끝이 보이는 관계라면, 과감히 버려야 한다.

'버린다'는 말이 차갑고 잔인하게 느껴질 수 있지만, 나에게 지속적으로 상처를 주고 스트레스를 안기는 관계라면, 결국 스스로를 위해서라도 칼을 뽑는 게 맞다. 모든 것을 혼자서 참고 견디면 독이 된다. '나 하나만 참으면 다 괜찮아지겠지'는 큰 착각이다. 아무리 혼자서 마음속으로 한 발 물러서고, 용서하고, 다시 잘 지내보자고 결심하더라도 그걸 알아주는 사람은 오직 나뿐이다. 상대는 모른다.

왜 나만 끊임없이 맞추며 지쳐야 하는가. 왜 나만 말을 아끼고 표정을 조심하며 작아져야 하는가? 그럴 필요 전혀 없다. 나 혼자 배려하고 맞춰주며 끌려가면, 상대가 '아, 참 고마운 사람이다. 나에게 잘 대해주니깐 나도 다정히 대해야겠다'라고 생각할까? 옆차기하는 소리. 그럴 사람이었으면 애초에 나를 이렇게 힘들게 하지도 않았다. 그들은 나를 만만하게 생각하고 그저 잘 따라와주는 다람쥐 정도로 여길 뿐이다. 애매하게 대하지 말고 그냥 확실하게 버려라. 애네들은 변하지 않는다. 애매하게 받아주고 애매하게 표현하면 오히려 화를 낸다. 자신을 되돌아보지 않는다. 이런 사람들과는 애초에 진지한 관계가 될 수 없다. 나를 함부로 대하는 사람과 어떻게 깊은 관계를 이어갈 수 있겠는가. 어차피 그들은 껍데기뿐인 인연이다. 말없이 사라지든, 단도직입적으로 말해 정리를 하든 확실하게 끊어내라. 한쪽만 노를 젓는 배는 제자리만 맴돌 뿐이다.

물론 함께한 추억이 발목을 잡고, 미안함이나 죄책감에 마음이 흔들릴 수 있다. 그러나 감정에 흔들리면 결국 또다시 상처를 입게 된다. 고통은 일시적이다. 당신은 착한 사람이니깐 씁쓸한 마음이 드는 것도 당연하다. 하지만 시간이 지나면, 잘했다는 생각이 들고 마음이 가벼워질 것이다. 관계도 중요하지만, 인생에서 가장 중요한 것은 바로 '자신'이다. 삶의 주도권은 반드시 내가 쥐고 있어야 한다.

관계가 끝났다면, 그 시간 속에서 나를 돌아보는

시간을 갖자. 내가 가진 고민과 질문 들을 생각하고, 내 주변에 있는 좋은 사람들에게 감사하자. 나와 건강한 관계를 맺을 수 있는 사람들과 더 깊이 연결되는 것이 중요하다. 그러면 결국 내 곁에는 따뜻한 사람들만 남을 테니까. 건강한 삶은 나를 지키는 바로 그 일에서부터 시작한다.

복수란 무엇인가

"군자보구 십년불만(君子報仇 十年不)."

무협지에 자주 등장하는 말로, 감정적으로 즉각 반응하기보다는 마음을 가라앉히고 냉정하게 판단하여 의(義)를 위해 정당한 대응을 하라는 의미다. 소설에선 대개 정의와 명분을 따르는 태도로, 대협의 덕목이 된다. 하지만 문득 이런 생각이 들었다. 수십 년 동안 복수심을 안고 살아가는 삶은 얼마나 고통스러울까?

과연 꼭 복수라는 걸 해야 할까? 살면서 나를 모욕하고 상처 입힌 사람들이 스쳐 지나간다. 여러분도 '내가 성공하면 처참히 지근지근 밟아주겠어'라고 생각했던 사람이 있을 것이다. (상상으론 뭔들 못 하겠나.) 많은 인생 선배와 좋은 책, 명언 들이 하나같이 "잘 사는 게 최고의 복수다"라고 하지만 개인적으로 공감할 수 없다. 난 착하게 살았기에 복이 돌아와 잘 살게 될 것이고, 나에게 상처를 준 놈은 못되고 악랄한 사람들이니깐 힘들게 살 것이다? 영화에서나 나올 법한 이야기다. 못되고 약삭빠른 놈들이 잘 살기도 제일 잘 살더라. 그러니 이런 달콤한 말들은 믿지 않는다. 복수를 하고 말고는 각자 개인의 선택이지만, 여기서는 그저 '복수심'에 대해서 이야기하고 싶다.

누군가 나의 존엄을 훼손하는 충격적인 사건이 일어나면, 마음속에 복수심이 싹튼다. 내가 원하는 건 '복수'를 통해 더럽고 끔찍한 기억에서 벗어나는 것이다. 하지만 이 복수심은 마치 거대한 불덩어리와도 같다. 복수심을 안고 산다는 건 과거의 고통을 계속 자발적으로 되풀이하며 살아가는 일이다. 복수를 실제로 실행하느냐는 차치하더라도, 복수심 자체는 내려놓아야 한다. 복수는 본질적으로 자기 파괴적이다. 보통 상처는 시간이 지나면 회복되는데, 복수심은 회복을 인정하지 않고 스스로 망가져야 한다고 말하는 것만 같다. '나는 이렇게 끔찍한 상처를 받고 계속 고통스러워하고 있어. 앞으로도 그럴 거야. 그러니까 너도 꼭 나만큼 상처받아야 해.' 당연히 용서도 없다. 용서해버리면 복수할 명분이 사라지니 말이다.

보복과 복수에 집중하는 삶은 마치 모든 상황을 억지로 과거의 상처와 연결 지으려 하는 것 같다. 복수심이 더욱 활활 타오르도록 모든 걸 땔감으로 쓴다. 결국 모든 상황을 부정적으로 받아들인다. 더 이상 내 삶에 즐거움과 행복 같은 좋은 감정은 들어오지 못하도록 억지로 막고 있는 것과 마찬가지. 결코 정신적으로 건강한 삶이 아니다.

앞서 언급한 "잘 사는 게 최고의 복수다"라는 말은, 어쩌면 '복수에 에너지를 낭비하지 말고, 다른 행복으로 그 자리를 채워가라'는 뜻일지도 모른다. 복수가 아니라 회복에 집중하라는 뜻이다. 새로운 행복, 새로운 관계, 새로운 꿈으로 마음을 채우다 보면

　　　　　　　　　　　❷장 | 나를 지키는 셀프 멘탈 강화 훈련

자연스럽게 여유가 생긴다. 일단 다 회복하고 나서 복수를 할지 말지는 개인의 선택. 하지만 그러다 보면 복수심도 무뎌진다. 물론 문득 생각날 수는 있다. 그럴 때는 그저 '그런 일도 있었지' 하고, 고개를 돌려 다른 데 집중하면 된다. 어차피 썩은 과일은 스스로 떨어진다. 내가 손대지 않아도 세상이 때가 되면 정리해준다.

고독은 가장 좋은 치료제다

소크라테스, 쇼펜하우어, 소로, 니체, 부처, 노자, 공자, 장자 등 동서양과 시대를 막론하고 철학자들은 공통적으로 '고독'을 인간이 필연적으로 거쳐야 할 과정이라 말한다. 우리는 살아가며 수많은 관계 속에서 웃고 떠들지만, 문득 혼자만 다른 세상에 있는 듯한 느낌, 마음이 붕 떠 있는 듯한 공허감에 빠지게 된다. 다들 시끌벅적 행복해 보이는데 나만 유리벽 안에 갇힌 듯 멍해진다. 많은 사람이 이 고독을 감당하려 하지 않는다. 외롭고 쓸쓸하다는 감정에 겁을 먹고, 고독을 피해야 할 감정이라 인식한다. 그래서 공허해지면 일정을 더 바쁘게 채우고, 더 많은 사람을 만나며 외로움을 덮으려 한다. 하지만 이런 방식

은 오히려 마음의 빈틈을 더 크게 만들 뿐이다. 왁자
지껄하게 놀다가 불 꺼진 조용한 집에 돌아오는 순
간, 마음 깊숙한 곳으로부터 쓸쓸함이 더욱 거세게
밀려들 것이다.

고독은 어느 날 갑자기 불쑥 찾아오는 감정이 아
니다. 살아가며 우리 몸과 마음에는 서서히 피로가
쌓이는데, 그걸 들여다보고 회복하라고 무의식이 보
내는 메시지가 고독이다. 다시 말해 고독은 나를 더
단단하게 하기 위한 치료제인데, 오히려 사람들은
무서워하고 외면한다. 왜 두려워할까? 고독 속에 들
어가면 진짜 내 모습, 내 본질과 마주하게 되니까.
나의 부족함과 연약한 마음을 인정하기 무섭기 때문
이다.

민망하고 불안하지만 거울을 들어 내면을 비춰볼
수 있는 용기가 필요하다. 거울 속 나는 나에게 수많
은 질문을 던진다. 나는 누구인지, 정말 내가 원하는
삶은 무엇인지, 지금 하고 있는 일이 내게 의미가 있
는지, 어떤 인간관계를 맺고 있는지, 본래 내가 견지
하던 신념과 가치관은 여전히 유효한지. 이 질문들

을 회피하지 말고 되새기며 정답을 찾아가야 한다. 내 인생의 방향을 잡아주는 나침반이 되어줄 수 있을지 모르는 질문들이니까. 질문 자체가 심오해 바로 정답을 낼 수도 없고 애초에 정답이 없을 수도 있다. 모호한 감정들과 희미한 생각들이 뒤엉켜 있을 뿐이더라도 그 막연함을 밀어내지 않고 따라가야 한다. 그러면 정답이 어둠 속에서 서서히 형태를 이루며 드러날 것이다. 물론 불안감도 동반되겠지만, 그 과정을 통해 우리는 단단해지고, 나 자신과 더 가까워진다.

중요한 건 이 모든 과정을 누구의 시선도 신경 쓰지 않고 진심으로 온전히 자신과 마주한 상태에서 겪어야 한다는 것이다. 헐벗은 상태에서 한 치의 부끄럼도 없이. 그래야 내 마음속 가장 원초적인 생각들, 욕망과 두려움, 희망과 상처까지도 모두 꺼내어 바라볼 수 있다. 그렇게 스스로와 교감하는 시간을 지나고 나면, 비로소 '나는 무엇을 진정 사랑하는가' '어떤 삶을 살아야 행복한가'라는 질문들의 답을 스스로 찾아낼 수 있다. 우리는 이 과정을 통해 스스로를 더 사랑하게 되고, 내 삶의 중심이 외부가 아닌 바로 '내 안'에 있다는 사실을 깨닫게 된다.

살다 보면 이런 고독이 몇 번씩 찾아온다. 그때마다 우리는 새로운 깨달음을 얻고, 또 한층 깊어진다. 자신과 교감하고 교류하며 새로움을 창조하고 지혜를 얻어 더 만족스러운 삶을 영위하게 된다. 내면이 무거운 사람은 바람에 흔들리지 않는다. 애벌레가 나비가 되기 위해 번데기 안에 스스로를 가두듯 우리도 고독 속으로 들어가자. 진짜 나를 발견해야 만족스러운 삶을 살 수 있다.

반드시 인정받을 필요는 없다

어린아이가 토끼 흉내를 내면서 귀엽게 깡충깡충 뛴다. 그 모습을 보는 어른들은 "아이고, 귀여워라!" 하며 깔깔 웃는다. 아이는 그런 반응을 통해 자신이 지금 사랑받고 있음을 깨닫는다. 그래서 같은 행동을 반복하며 계속해서 사랑을 받고 싶어 한다. 심지어 반응이 약해지면 부러 더 크게 과장하여 관심을 끌려고도 한다. 이처럼 작은 일에서부터 시작하는 인정욕구는 모든 인간이 태어나면서부터 본능적으로 갖고 있는 것이다. 타인의 인정은 곧 우리의 사랑과 관심, 생존과 연결되기에 무의식적으로 끊임없이 갈구하게 되는 것이다.

인정욕구가 삶을 더 좋은 방향으로 이끌어주는

힘이 되기도 한다. 자기 존중감과 자아 효능감을 증진하고, 삶의 활력을 더해줄 수 있으니까. 사람은 인정받음으로써 성취감을 느끼고, 미래에 대한 확신을 갖는다. 다른 인간과 소통하며 살아가는 존재인 우리에게 인정받는다는 건 사회적 정체성과 자아에 큰 영향을 주는 일이다.

하지만 많은 사람이 이 인정욕구를 건강하게 활용하지 못한 채 그저 한없이 갈구하며 살아간다. 공부를 잘해야만 사랑받을 수 있다는 두려움에 사로잡혀 배움의 즐거움을 누리지 못한다. 작가가 되어 글을 쓰며 살고 싶지만, 사회적으로 인정하는 '안정된 삶'을 살아야 할 것 같다는 압박감에 대기업 내지는 공기업 취직을 목표로 한다. 한적한 시골에 살고 싶지만, 서울에서 이름 있는 아파트에 살아야만 남들에게 무시당하지 않을 것 같다는 두려움이 크다. 사실 명품의 효용을 체감할 수 없지만, SNS에서 좋은 반응을 얻기 위해 비싼 명품을 구입한다. 교육, 결혼, 직장, 인간관계, 심지어 먹는 것까지 남들에게 얼마나 인정받는가가 중요한 세상이 되었다.

헬조선이라 불리는 이유가 있다. 기준은 끝없이 높아지고, 실상 상위 5퍼센트 정도는 돼야 겨우 평균선에 도달하는 것처럼 보인다. 물질적으로, 정신적으로 현생에서 저 많은 인정을 다 받기란 쉽지 않고 정말 극소수만 가능한 일이다. 아무리 발버둥 치고 치열하게 살아가도 닿지 못할 수 있다. 그런데도 끊임없이 비교하고 결핍에 시달린다. 기대에 부응하려는 욕망과 자기 능력의 괴리에서 오는 스트레스가 크다. 극도의 불안 속에서 예민하게 살아가는 모습은 꼭 인정 중독이라는 감옥에 갇힌 꼴이다.

인정받기 위해 살아가다 보면, 어느 순간 내 신념은 내팽개치게 된다. 오직 인정을 받기 위해 순수하고 진실된 가치보다는 속물적이고 이기적인 가치들만 추구하며 살아가게 된다. 주객이 전도된 삶 속에서, 주위의 소중한 사람들조차 돌아보지 못하고, 갈망이 스스로를 갉아먹는다. 인정받지 못한다면 고통과 불행에 시달리며 전전긍긍하다 결국 사라지고 말지도 모른다.

인정욕구를 완전히 충족한다는 것은 가능할까?

또 다른 인정욕구가 발생하진 않을까? 그 지독한 쳇바퀴에서 내려올 수 있을까? 진정 자유로운 마음을 원한다면 비워야 한다. 타인에게 인정받기보다는 스스로 자신을 인정할 수 있어야 마음이 편해진다. 진정한 자유는 '이 정도면 충분해'라며 자신을 인정하고 끌어안는 순간부터 시작한다. 내가 잘났든, 못났든, 얼마를 가지고 있든, 일단 있는 그대로의 내 모습을 수용해야 한다. 내 겉모습에 끌려오는 사람들과 가까워지기보다는, 나 자신과 더 친해져야 비로소 행복한 삶을 살 수가 있다.

의욕이 없는 게 정상이다

'일을 열심히 할 의욕이 없다. 영화를 봐도 재미가 없고, 여행을 가도 예전처럼 설레지 않는다. 나 자신이 텅 빈 것 같고, 더 이상 아무것도 하고 싶지 않다. 살아는 있지만 마치 구천을 떠도는 귀신 같다…. 다 때려치우고 친구들이랑 만나서 술이나 마시고 싶다. 난 다 끝났어. 흑흑.'

…?

'잠깐만. 일할 의욕은 없지만, 친구들이랑 술 마시면서 놀 의욕은 있네? 나 아직 살아 있구나!'

그래, 이게 맞지. 원래 인간은 의욕이 항상 가득하지도 않지만 반대로 완전히 바닥이거나 하지도 않다. 왔다 갔다 할 뿐이지. 마치 파도처럼 휘몰아칠 때도 있고, 잠잠할 때도 있다. 사실은 그냥 '하기 싫은 것'에 대해서 순간적이고 선택적으로 의욕을 꺼버리는 것이다. 근데 이건 전혀 이상한 게 아니다. 오히려 아주 정상적인 반응이다. 아무 생각 없다가도 월급이 들어오면 갑자기 여행을 가고 싶고, 장바구니에 담아뒀던 옷들도 바로 결제할 용기가 생긴다. 마음에 드는 이성을 만나면 그 사람을 내 사람으로 만들고 싶어서 갑자기 엄청난 노력과 열정이 솟아나기도 한다. 뭔가 안 풀려서 의욕이 떨어지고 슬픈 감정에 휩싸여서 눈물이 날 수도 있다. 하지만 감정을 느끼고 있다는 건 아직 나에게 의욕의 불씨가 남아 있다는 증거이니, 결국엔 다시 해결할 수 있다. 우리는 지금 아주 '정상적인 범위 안에' 있으니 깊은 구렁텅이에 자신을 빠뜨릴 필요가 없다.

정말 아무것도 못 하고 누워만 있고, 머릿속이 텅 비어 물 마시러 갈 힘조차 없다면⋯ 꼭 정신의학과에 가서 진료를 받아보아야 한다. 하지만 이 책을 읽고 있다는 건 아직 '읽을 힘'이 있다는 뜻이니까 그래도 너무 많이 걱정하지 않아도 된다. 오히려 365일, 24시간 내내 의욕이 넘치는 게 더 위태로운 거다. 언제든 무너질 수 있으니 경계해야 한다. 뭐든지 아예 없는 것도, 과하게 많은 것도 좋지 않다. 의욕이란 놈도 마찬가지. 항상 적당한 '중도(中道)' 위에 서 있어야 한다.

시작하고 싶은 마음이 저절로 찾아오진 않는다. 푹 좀 쉬다가, 죄책감도 좀 맛보다가 다시 할 일이 생긴다면, 그때 몸을 일으켜 출발선에 서자. 다시 자세를 잡고 스스로 "3, 2, 1…" 외치고 뛰어나가자. 힘이 빠졌다고 너무 걱정하지 말자. 잠깐 쉬었다가 다시 달리면 되니까.

 　　　　　　　　❷장 | 나를 지키는 셀프 멘탈 강화 훈련

내 마음의 문지기는 바로 나

드라마 〈멜로가 체질〉에서 인상 깊게 봤던 장면이 있다. 젊은 나이에 가정을 꾸린 부부. 남편 '승효'는 아이를 안고 있는 아내 '한주'에게 지옥에서 오래 살고 싶지 않다며 자신은 행복을 위해 가정을 떠나겠다고 말한다. 이제 막 아이를 낳고 삶의 무게를 감당해가던 상황이었기에 한주는 당황스럽다. 울분 섞인 목소리로 되묻는다. "그럼, 내 행복은…?"

그때 승효가 싸늘한 얼굴로 대답한다.

"한주야, 네 행복을 왜 나한테 물어?"

그 대사를 듣는 순간, 머리를 한 대 얻어맞은 듯한 기분이 들었다. 물론 이 드라마 속에서 승효는 무책임하고 이기적이고 책임감 없는 인물이다. 비난받아 마땅하지만, 그 대사 자체만 떼어놓고 보면 단단하고도 뼈 있는 말임은 분명했다.

행복은 내 마음에서 피어나는 가장 원초적이고 투명한 감정이다. 흔히들 '내가 행복할 수 있을까?'라고 질문하곤 한다. 마치 행복이란 외부의 조건이나 환경에 따라 결정되는 것이라는 듯이. 우리는 현실의 여러 조건이 맞아떨어져 충족되어야만 내 행복이 피어난다고 착각한다. 과연 다양하게 얽혀 있는 외부 요인들(금전적 요인, 인적 요인, 사회적 요인, 환경적 요인, 교육적 요인, 정치적 요인 등)이 충족되어야만 행복해질 수 있을까?

1억 원이라는 돈이 너무 갖고 싶어 몇 년간 노력해서 모으는 데 성공했다고 가정해보자. 목표를 달성했을 땐 뿌듯하고 순간적으로 행복을 느낄 수 있다. 하지만 바로 그다음 순간 깨닫게 될 것이다. 내가 힘들게 모은 1억 원으로는 서울에 집 한 채도 살 수 없다는 걸. 그렇게 다시 불행과 결핍감이 찾아온다.

굉장히 단순한 것이다. 외부 요인들은 절대적이

    2장 | 나를 지키는 셀프 멘탈 강화 훈련

지 않고 상대적이며, 늘 변한다. 모든 걸 누릴 수 있는 재벌이 스스로 삶을 놓았다는 뉴스를 본 적도 있고, 제대로 된 신발 하나 없어도 하루 종일 웃고 사는 사람들이 있다는 다큐멘터리를 본 적도 있다. 그렇다. 행복은 외부에 있는 것이 아니라, 오롯이 내 마음에 달려 있다. 불교에서 말하는 일체유심조, 모든 것은 마음에서 비롯된다는 말처럼.

우리는 결혼 전 흔히 말한다. "행복하게 해줄게" 혹은 "나, 행복하게 해줄 수 있어?" 이 말에는 서로가 서로의 행복을 책임질 수 있다는, 행복에 대한 수동적 전제가 깔려 있다. 물론 진심으로 사랑하고 잘해주겠다는 의지의 표현이라 읽을 수도 있지만, 본질적인 행복은 스스로 채워야 한다. 살면서 어떤 일이 벌어질지는 아무도 모른다. 노력도 행동도 물론 중요하지만, 산다는 건 결코 호락호락하지 않아서 전혀 내가 원치 않은 방향으로 풀려 나갈 수도 있다. 인생에서 잔잔한 바다가 펼쳐지든, 폭풍우가 몰아치든, 그 안에서 내 행복은 내가 찾아야 한다. 물론 타인과의 공감에서 오는 행복, 베푸는 데서 오는 행복,

인정받음에서 오는 행복, 함께 있을 때의 행복 등도 중요하다. 그러나 타인이 우리의 행복에 기여할 수는 있지만 궁극적으로 책임져주지는 않는다.

우리는 관계 속에서 서로 영향을 주고받지만 최종적으로 어떤 감정을 내면으로 들여보낼지 결정하는 문지기는 바로 나다. 남을 통해 얻은 행복에는 한계가 존재한다. 한마디로 갇힌 행복이다. 상대가 슬프면 나도 따라서 슬퍼지는 종속적인 행복. 목이 말라 바닷물을 마신다고 갈증이 해결되지는 않는다. 행복의 크기는 중요하지 않다. 길가에 핀 예쁜 꽃을 보고 행복을 느끼고, 맑은 날씨에 기뻐하고, 맛있는 음식을 먹으며 미소 짓는 그 순간들이 바로 진짜 행복이다. 행복은 밖에 내리는 비가 아니라, 내가 들고 나온 우산의 색깔 같은 거다. 결국 오늘 어떤 색 우산을 쓸지는 전적으로 내 선택에 달려 있다.

     2장 | 나를 지키는 셀프 멘탈 강화 훈련

3장

에너지 뱀파이어 없는 세상을 꿈꾸며

××××××

원래 남이 하는 일은 쉬워 보인다

"회사 때려치우고 카페나 차릴까?"

"유튜브나 시작해볼까?"

한 번쯤 주위에서 들어봤을 말이다. 심지어 당신이 직접 내뱉었던 말일 수도 있다. 물론 힘든 회사 생활 중, 농담처럼 가볍게 흘린 말이었을 것이다. 향긋한 커피를 내리며 여유롭고 낭만 있게 일하는 카페 사장님들, 놀면서 영상만 찍는 것 같은데 수십만, 수백만 구독자를 거느린 유튜버들, 겉으로 보이는 그들의 삶은 참 근사해 보인다. 하지만 이 말을 당사자들이 듣는다면 과연 유쾌하지만은 않을 것이다. 특히 "카페나" "유튜버나"에 쓰인 '-나'라는 표현이 심히 걸린다. 누군가가 내가 하는 일을 두고 "나도 네가 하는 일이나 해볼까?"라고 말한다면 나 역시 기분이 좋지 않을 것 같다. '아무나 쉽게 할 수 있는 일'이라는 뉘앙스를 품고 있으므로 말하기 전에 생각해야 한다.

의외로 우리는 남이 하는 일에 대해 쉽게 생각하고 말하는 경향이 있다.

- **공무원들은 하루 종일 서류나 떼주면서 평생직장을 보장받네.**
- **경비원은 자리에 앉아서 세월만 때리네.**
- **영예인은 TV 나와서 그저 웃고 떠들며 놀다가 수천만 원 타 가네.**

남의 일을 쉽게 보는 건 '과정'보다는 '결과'만 보기 때문이다. 목표를 이루기 위해 몇 개월, 몇 년 이상 기울인 노력, 밤새 순찰을 돌며 깨어 있는 경비원의 고단함, 카메라 앞에서 웃고 있는 얼굴 이면에 숨겨진 압박과 불안. 이 모든 보이지 않는 노력과 희생은 외면한 채 결과만 보고 '좋겠다' 한마디로 일축하는 것이다.

사업도 마찬가지다. "카페나 차릴까?" 말이 쉽지 실제는 그렇지 않다. 손님 응대하면서 비위를 맞추는 것도 쉽지 않고, 직장인은 하루 8시간 근무하고 퇴근하면 되지만, 자영업자는 출퇴근이라는 개념이 없이 정말 24시간 일해야 할 수도 있다. 재료 관리, 마케팅, 세무, 직원 관리 등등 이것저것 신경 써야 할 게 한둘이 아니니까. 그러니 정말 쉽게 생각하고 말해선 안 된다. 자기가 요식업을 한다면 마치 안성 재 셰프처럼 혀에 슈퍼 미각이 장착되고 컨설팅, 마케팅, 인맥 등에서 갑자기 상상을 초월하는 실력을 발휘할 것이라 착각하는 사람들이 있다. 조만간 일론 머스크도 제낄 것 같은 근자감이 팡팡 터진다. 그러다 투자금만 팡팡 터질 게 뻔히 보이는데 말이다. 당장 부엌에 가서 레시피 보고 따라만 해봐도 어렵다는 걸 금방 알 수 있다. 말만 한다고 다 이루어지는 게 아니다. 피눈물 나는 노력이 있어야 가능하다.

우리는 각자 자신의 자리에서 묵묵히 버티며 살아가는 자부심 있는 프로들이다. 다들 고심하며 끊

 ❸장 | 에너지 뱀파이어 없는 세상을 꿈꾸며

임없이 정진하고 있다. 직업이 뭐든, 얼마를 벌든, 무슨 일을 하든, 다들 각자의 위치에서 노력하며 세상을 굴러가게 하는 구성원들이다. 모든 일은 다 저마다의 가치가 있는데, 서로 격려하고 존중할 때 세상이 조금 덜 삭막해지지 않을까.

××××××

내버려둬라

누군가를 보고 느리고 게으르며 답답하다고 느낀 적
이 있는가? 한심하고 나태한 사람이라고 판단했던
적은? 혹은 모든 상황에서 장난스럽게 행동한다는
이유로 가볍다고 여긴 적은 없는가? 사람을 능구렁
이처럼 대한다고 비난한 적은 없는가? 그런 판단을
할 때 우리는 과연 어떤 기준을 적용하고 있었을까?
그 기준은 온전히 나만의 것인가, 아니면 세상 만물
에 적용되는 진리인가? 오히려 그 사람들은 그런 당
신을 보고 '병적으로 칼같이 사는 피곤한 사람'이라
생각할 수도 있고, '센스도 없고 매사 너무 진지해서
인생에 재미가 없는 사람'이라고 여길 수도 있다. 결
국 모든 시선은 상대적이다. 누가 맞고 누가 틀린 게

아니다. 그냥 모두가 맞는 것이다.

큰 잘못을 저지른 게 아닌 이상 다른 사람을 지적할 필요도, 무안을 줄 필요도 없다. 다만 서로를 존중해주면 된다. 물론 세상에는 이상적이라 권장되는 기준도 있다. 아침 일찍 일어나야 하고, 하루에 한 시간씩은 운동해야 하고, 밤 10시 이전에 잠자리에 들어야 좋다는 것처럼 말이다. 하지만 일찍 자고 일어난 사람이 새벽에 효율성이 좋아 새벽에 일하는 사람을 손가락질할 순 없다. 하루에 열두 시간씩 운동하는 프로 선수가 매일 한 시간씩 운동하는 일반인에게 훈수를 둬서도 안 된다. 정답은 없다. 모두가 정답이다.

인간은 모두 독립된 개체이며 저마다 생각과 리듬, 가치관이 있어 각자의 방식대로 상황을 헤쳐 나간다. 내 시선으로 보면 다른 사람이 잘못되어 보일 수 있다. 내가 가는 길이 맞는 길이라고 생각할 수 있지만 다른 사람에게는 아닐 수 있다. 그러니 어줍잖게 조언을 가장해 잔소리할 필요 없다. 그냥 내버려두면 된다. 무관심해지라는 말이 아니다. 다른 사람에게 상처와 스트레스를 주지 말고 있는 그대로 존중하라는 뜻이다. 결과가 어찌 되었든 스스로 책임지면 되는 거니까. 누구는 알람 한 번에 일어나고, 누구는 열 번 울려야 일어난다. 하지만 결국 둘 다 일어나서 자기 할 일을 한다. 남의 영역을 침범하지 말자.

만약 정말 그 사람이 변화하길 바란다면, 지적하거나 훈계하지 말고 조용히 솔선수범하라. 겸손하게, 묵묵히 자기 할 일을 하는 모습을 보여주는 것이 가장 강력하다. 통할 사람이라면 그런 모습을 보고 자연스럽게 따라오기 마련이다. 결국 진짜 영향력은 말이 아니라 행동에서 나온다.

연인/부부 관계에서는 이러한 태도를 견지하기가 더욱 어렵다. 서로 오래 함께하다 보면 당연히 마음에 들지 않는 부분도 생긴다. 이해하기 힘든 모습이 많을 것이다. 자꾸 깜빡깜빡 잊어버리는 연인의 잦은 실수로 일이 꼬여 화가 난 적도 있을지 모른다. 하지만 연애 초창기를 돌이켜 생각해보자. 그때는 그 모습조차 사랑스럽고 귀여워 보이지 않았던가.

사랑하는 마음이 컸기에 모든 걸 보듬어줄 수 있었다. 바꾸려 들지 말고 초심으로 돌아가 상대를 인정하고 받아들이자. 부모 자식 관계도 마찬가지다. 수줍음 많은 아이에게 사람들 앞에서 또박또박 말하라고, 당당하게 이야기하라고 윽박지르지 말자. 단둘이 조곤조곤 대화해서 사람의 마음을 여는 힘이 있는 아이일 수도 있지 않나. 나의 기준을 들이대지 말고, 한 번 더 생각해봐야 한다.

세상에 모든 능력치를 완벽하게 갖춘 육각형 인간은 존재하지 않는다. 우리는 서로 부족한 점을 채워가며 살아가는 보완적인 존재들이다. 평생 살면서 나조차도 나 자신을 정의할 수 없을 만큼 인간은 복잡한 존재다. 스스로에 대해서도 잘 모르면서 나의 기준으로 남을 재단하고, 간섭하고, 지시하려 드는 건 얼마나 어리석은 일인가. 남을 함부로 판단하고 지시하지 말자. 누구에게도 허락되지 않은 영역이다.

운이 저절로 따라오는 사람

살다 보면 주위에 꼭 한 명쯤, 무슨 일을 해도 술술 잘 풀리는 사람이 있다. 이들은 진짜 전생에 거북선 조타수였던 것일까. 부럽기만 하다. 성공한 사람들의 인터뷰를 보면, 공통적으로 '운이 좋았다'고 말한다. 큰돈을 번 사업가부터 명예로운 자리에 오른 인물들, 세계적인 스포츠 스타들까지 한결같이 '운이 따라줬다'고 입을 모은다.

그러나 과연 '운'이란 진짜 그냥 하늘에서 뚝 떨어지는 것일까? 물론 운이 따르는 시기도 있다. 하지만 그 사람들의 삶의 태도와 자세를 보면, '끌어당김의 법칙'이라는 것이 작용하였음을 깨달을 수 있다. 언제든지 기회가 오면 잡을 준비가 된 사람들, 늘 불편한 자세로 도약을 준비했고 끊임없이 노력하며 자신을 갈고닦은 끝에 그 '날아오는 운'을 정확한 타이밍에 품에 안은 것이다.

특히 운동선수들을 보자. 겉으로 보기에도 울룩불룩 근육이 도드라진 신체를 보면 누가 보아도 그저 운이 좋아서 금메달을 딴 게 아님을 알 수 있다. 눈빛만 봐도 뼈를 깎는 고통을 견디며 부단히 노력해온 시간들이 느껴지는데, 그저 '감사하게도 운이 좋았다'며 겸손히 말한다. 성공은 능력과 인고로 견뎌온 시간들이 집약되어 나타난 결과물이지, 절대 우연의 산물이 아니다. 회사에서 '운이 좋아서' 갑자기 승진했다고? 그동안 꾸준히 좋은 성과를 내며 인정받았기 때문에 그렇게 된 것이다.

결국 운도 스스로 만들어내는 것이다. 이러한 마음가짐으로 꾸준히 살아간다면, 신기하게도 또 다른 운이 따라온다. '될놈될'이라고 하는데, 분명 인생에는 한 사람에게 운이 계속 따라주는 일도 존재한다. 이른바 운의 연속성, 풀리는 사람이 계속 풀리는 거다. 그럼 '운이 좋았다'고 하는 말은 다 빈말일까? 반드시 그렇지는 않다. 이들이 말하는 '운'은 대부분 자신이 컨트롤할 수 없는 외부 요인에 대한 것이다. 열심히 노력했는데 운이 따라주어 외부 요인까지 잘 맞아떨어진 덕분에 더 좋은 결과를 거두게 되었다는 뜻이다.

핵심은 뭐든지 '노력'이 전제되어야 한다는 것이다. 운이 따라준다는 것은, 공부를 일절 하지 않아 잘해야 30점을 받을 사람이 신들린 찍기로 100점을 맞는 기적이 일어나는 일이 아니다. (이런 일은 일어날 가능성 자체가 희박하다.) 최선을 다해 공부한 사람이 제일 아리송했던 한 문제에서도 정답을 맞춰 만점을 받는 것이야말로 진정 '운'이 따라준 경우라고 나는 생각한다. 결국 운을 말하기에 앞서, '내가 얼마나 높은 점수를 컨트롤할 수 있는 사람인가'를 냉정하게 평가하고 노력하는 것이 먼저다. 95점을 당당히 컨트롤할 수 있는 사람이 되어야만 운도 따라주지 않겠는가.

서서히 풀리거나 서서히 꼬이거나

잘 풀리는 인생은 일련의 연쇄작용이다. 단순히 생각해봐도 학창 시절 공부를 잘하면 좋은 대학에 들어가고, 자격증을 많이 따고, 좋은 직장에 입사하고, 빠르게 승진하게 되는 과정이 일렬로 연결되어 있다. 여기서 말하고자 하는 것은 특별한 천재들이 아니다. 바로 우리 주변에 있는 평범해 보이지만, 뭔가 일이 술술 잘 풀리는 사람들이다. 이들은 외적으로는 평범할 수 있으나, 내면에 비범함을 품고 있다. 어떤 상황에서도 눈앞의 일을 진심으로 대한다. 그것이 공부든, 운동이든, 사업이든, 맡은 일을 끊임없이 파고든다. 대충 하지 않는다. 이들처럼 진지하게 노력해본 사람은 세상에 쉬운 일이 없다는 걸 알고,

전문가가 된다는 게 얼마나 어려운지 체감하고 있다. 그래서 무엇을 하든 성과를 내기 위해 성실히 시간을 투자하고, 그 투자 끝에 결국 성공을 마주한다.

성공의 크기 자체는 중요하지 않다. 진심으로 무언가를 해보고 짜릿한 성취감을 느껴본 사람은 앞으로의 인생에서도 비슷한 경험들을 하게 될 가능성이 높다. 스스로의 의지로 하나하나 문제를 풀어가며 더 큰 목표를 향해 나아간다. 또 무언가에 진지하게 임해본 사람은 실패해도 그 마음가짐이 다르다. 앓는 소리 하지 않고 힘든 상황 속에서도 쉽게 주저앉지 않는다. 현재의 고통마저도 성공을 위한 과정의 일부라 여기며, 반드시 극복할 수 있다는 믿음을 갖는다. 그 눈빛 자체가 다르다. 이들은 노력의 본질을 깨달았기에 두렵지 않다. 한 번 성공을 경험하며 가능성을 보았고, 미래의 성공도 어느 정도 그려볼 수 있기 때문이다. 실제로 직업적으로 성공한 사람이 그 태도를 취미에도 그대로 적용해 또 다른 커리어를 만들어내는 사례가 많다. 성공은 로또가 아니다. 노력하는 만큼 성공할 확률도 점차 커진다.

반대로 뭘 해도 일이 잘 풀리지 않고 서서히 꼬이는 사람들은 뭐든지 애매하게, 대충대충 한다. 진지하게 노력해본 적 없고, 할 생각도 별로 없다. 자신이 뭘 좋아하는지도 모르겠다며 이것저것 건드려보기만 한다. 조금 해보다가 마음에 안 들면 그만두고, 다른 걸 하다가도 또 그만두면서 늘 주위 환경만 탓한다. 어떤 일이든 마음을 다해 몰입할 생각이 없기 때문에, 무엇을 만나든 쉽게 포기하기를 반복한다. 그러니 시간이 지나도 손에 쥔 것이 없다. 늘 수박 겉핥기 하는 식이다. 주위 친구들은 사회에 나가 자리를 잡는데 시작조차 못 한 채 뒤처져 있다. 그러니 점점 친구들을 깎아내리며 노동 자체를 부정하고, 단번에 성공하고자 하는 한탕주의에 빠진다.

친구들을 이길 수 있는 유일한 방법은 바로 사장이 되는 길. 아무것도 모르면서 무작정 대출을 받아 사업을 벌인다. 그 영역에 대해서 공부 하나 제대로 하지 않았으니 결과는 뻔하지 않나. 빚을 지고, 친구들과의 격차는 더 벌어진다. 그걸 만회하겠다고 또 주식이나 코인에 발을 담그지만 실패하고, 결국 동

굴 속으로 숨어버린다. 이들에겐 '배우고 노력한다'
는 개념 자체가 없다. 어떻게든 가성비 좋게, 적게
투자해서 큰 성공을 얻으려 한다. 내공을 쌓지 않고
좋은 결과만 바라는 건 어리석은 욕심이다. 뒤돌아
보면 같은 길을 걸었어도, 누구는 열심히 달려왔고,
누구는 길가에 앉아 쉬고 있었던 거다. 젊을 때 몇
년 뒤처지는 게 두렵다고 현실을 회피하지 말고, 진
실을 받아들여야 한다. 절대 한 방에 이길 수 없다.
지금도 늦지 않았다.

가끔은 체면을 내려놓자

과거 일본의 한 총리에게는 외교 필살기가 있었다고 한다. 바로 아내 이야기 하기. 각국 수장들이 모이는 중요한 회담 자리, 국가를 대표하는 대통령으로서 누구보다 격식을 갖추고 국익을 위해 긴장의 끈을 놓아서는 안 되는 공식적인 자리에서 그는 자기 아내 이야기를 꺼냈다. 사적인 이야기를 하면서 공감대를 형성하는 전략이었다. 아무리 카리스마 넘치고 강력한 권력을 가진 지도자라도, 대부분은 수십 년 함께 살아온 사랑하는 와이프 앞에서 꼼짝 못하는 남편일 뿐이다. 그 총리는 그런 현실을 잘 알고 있었기 때문에 '당신도 나랑 같은 사람이잖아'라는 메시지를 전한 것이다. 지위를 내려놓고 어찌 보면 가장 인간적이고 약한(?) 모습을 보여주어 자연스럽게 분위기를 풀어냈으며, 실제 외교에서도 크게 도움이 되었다고 기록되어 있다. 다른 나라의 대통령이기 이전에 '한 사람'으로 느껴지기 시작하는 순간, 상대방도 마음을 열게 되고 거리감은 순식간에 줄어든다.

우리나라처럼 수직적 관계가 뿌리 깊은 사회에서는 이 이야기가 더욱 인상 깊게 다가온다. 학교 선배, 선생님, 군대 선임, 교수님, 회사의 선배와 사수 등 좋든 싫든 수많은 직급 체계가 나뉘어 있다. 우리는 살아가면서 수많은 '윗사람'을 만나고 체면과 격식에 익숙해진다. 물론 체면과 격식은 책임감과 성실, 신뢰를 기반으로 하는 사회적 규범이자 존중의 표현이기도 하다. 따라서 결코 인간관계에서 체면을 배제할 수는 없다. 하지만 돌이켜보면, 진짜 기억에 남는 사람들은 능력이 뛰어나 유익한 정보를 준 사람들보다는 나를 '인간 대 인간'으로 대해줬던 사람들이었다. 나이, 직업, 계급을 떠나 '한 사람'으로서 나를 인정해주고 경계 없이 다가와준 사람들이 더 오래 기억에 남고, 마음을 열게 만든다.

체면을 내려놓는다고 해서 무시당하지 않는다. 오히려 상대방이 나를 더 인간적으로 느껴 잘 따르고 고마워할 수도 있다. 때론 체면을 지키는 것보다 민낯을 보여주는 용기가 더 큰 울림을 준다. 진짜 멋지고 존경받는 사람이라면 자기가 면을 세우지 않아도 주변에서 먼저 세워준다. 항상 딱딱하게 경직되어 있을 필요는 없다. 체면과 권위를 지키되, 고무줄처럼 유연한 면모도 함께 갖춰야 한다. 팽팽해야 할 땐 진지하게, 여유로워도 되는 순간엔 적당히 헐렁하게.

체면보다 중요한 건 결국 사람 그 자체다. 우리는 체면을 지키는 존재이기 전에 관계를 맺고 살아가는 인간이니까.

우리는 못생겨서 늘 웃어야 한다

소제목은 농담이고 본론으로 들어가자면, 사람이 첫 만남에서 상대방의 첫인상을 판단하는 데 걸리는 시간은 단 0.01초에서 3초 사이라고 한다. 이 짧은 순간 본능적으로 상대의 이미지를 판단하고, 그 인상이 이후의 태도와 행동에도 영향을 미친다. 만약 처음 보는 험상궂은 사람이 얼굴까지 찡그린 채 다가온다면 우리는 그 사람과 괜히 엮이기 싫고 피하고 싶을 것이다. 실제로 타인을 마주쳤을 때 우리 뇌는 '위험한가, 안전한가?'를 본능적으로 판별하며 대응 방식을 정한다.

첫인상에 가장 큰 영향을 주는 요소는 시각적 정보와 청각적 정보다. 상대가 웃는 얼굴로 밝게 인사를 건네면, 대부분은 반사적으로 긍정적인 반응을 보이게 된다. 행정복지센터나 은행 같은 데 볼일 보러 갔다가 대기 인원이 많아 약간 짜증이 올라오는 순간이 있다. 그런데 한참 기다린 끝에 만난 창구 직원이 활짝 웃으며 "안녕하세요?" 하고 인사하면, 그 순간 짜증이 스르륵 녹아버린다.

"웃는 얼굴에 침 못 뱉는다" "웃으면 복이 온다" 같은 말들이 괜히 있는 게 아니다. 밝은 표정, 환한 에너지는 상황을 완전히 바꿀 수 있다. 사실 첫인상에 있어 중요한 부분은 생김새보다도 표정과 분위기라고 한다. 표정에는 행복, 슬픔, 분노, 놀라움, 진심, 거짓, 혐오 등 수많은 감정이 담겨 있고, 사람은 찰나의 순간에 이를 감지해낸다. 웬만하면 진심을 담아 미소를 짓고 눈을 마주치자. 그게 생각보다 더 많은 걸 바꾼다. 웃음의 어마어마한 효능은 이미 잘 알려진 바다. 신체 건강을 향상하고, 수명을 연장하는 효과까지 있다. 타인과 편하게 소통할 수 있고, 신뢰감과 유대감을 형성하는 데도 도움이 된다. 웃음은 사소한 인연을 만드는 것부터 시작해 커다란 비즈니

스에까지 결정적인 영향을 미칠 수도 있다.

그러나 웃음이 자동으로 나오는 건 아니다. 웃는 데도 연습이 필요하다. 억지로 손뼉 치며 하하하 웃는 고전적인 방법도 있지만, 내 경우 진짜 좋아하는 걸 떠올릴 때 자연스럽게 미소가 떠오른다. 가령 우리 집 강아지를 생각하면 어느새 얼굴에 옅은 미소가 스르르 번진다. 이왕 웃는 거, 매력적으로 보일 수 있도록 연습 좀 해서 볼근육과 입꼬리를 활짝 올리고 반달 눈을 만드는 것도 좋다.

'나는 좋은 인상과 밝은 아우라를 가지고 있는 사람이야' 드러내고 다녀야 한다. 보는 사람들이 '와, 저 사람 괜찮네' 생각하도록. 내가 선한 마음을 지녔는데, 다른 사람들이 나의 무표정한 얼굴만 보고 쉽게 오해해버린다면 얼마나 아쉬운가. 간판을 '천사무료급식소'라 달아놔도 유리창이 깨져 있고 철문이 굳게 닫혀 있는 어두컴컴한 분위기라면 경계하기 마련이다. 좀 웃자. 우리 껍데기 반죽은 잘못됐을지 몰라도, 심성 반죽은 잘됐으니 매대에 예쁘게 올려놔야 할 게 아닌가. 하하하. 이것도 농담이다. 찡긋-☆

먼저 사과해도 덧나지 않는다

최근 마트 주차장에서 접촉사고를 목격했다. 자동차에 부딪힌 아주머니는 그 자리에서 쓰러졌고, 주변에는 사람들이 몰려들었다. 운전자는 차에서 내리자마자 "A필러 때문에 못 봤다"라고 말했다. 뭐 한 번쯤은 몰려드는 인파에 당황하여 그랬을 수 있다고 생각했다. 하지만 피해자는 안중에도 없이, 자신의 실수에 대한 항변만을 대여섯 번씩이나 반복하자 결국 참지 못하고 말했다.

"아저씨, 사고는 누구에게나 일어날 수 있습니다. 아무도 아저씨가 일부러 그랬다고 생각하지 않아요. 고의성을 따지려는 게 아니라, 지금 피해자분이 쓰러져서 아파하고 계시는데 사과 한마디 없이 변명만 하시는 건 너무하지 않습니까? 우선 다친 사람을 병원에 모시는 게 먼저 아닐까요?” 그제서야 그 사람도 정신이 들었는지 사과를 하고 119에 전화를 걸며 부랴부랴 조치를 하기 시작했다.

이 일 이후, 나는 깊은 생각에 잠겼다. 이처럼 큰 사건도 사과하기가 힘든데, 하물며 작은 일들은 어떨까. 사과할 줄 모르는 사람들이 주위에 꽤 많다. 잘못을 인정하기보다는 회피하거나 상황 탓, 다른 사람 탓, 환경 탓으로 돌리는 경우가 허다하다. 방어기제에 잠식되어 구구절절 변명만 늘어놓는다. 마치 사과하는 것이 대단히 자존심 상하는 일이라고 생각하는 듯이. 하지만 우리는 누군가에게 피해를 입혔다면, 그게 아무리 작고 사소한 일이라 해도 반드시 사과해야 한다. 책임지기 싫어서, 사과하면 내가 배상해야 한다는 부담감 때문에, 상대에게 굽히기 싫어서 등 갖가지 이유를 따져가며 어물쩍 넘기려 한다면 오히려 더 큰 오해와 분노를 부를 수 있다.

“말 한마디로 천 냥 빚 갚는다”라는 말이 있다. 정

말 격렬하게 싸우다가 "미안해" 한마디에 모든 감정이 사르르 녹았던 경험이 있다. 필요한 한마디를 하지 않아 평생 후회하는 일이 생길 수도 있다는 걸 명심하자. 그 순간에는 부끄러울 수 있지만 수용할 줄 아는 사람이 성장할 수 있다. 사과한다고 을이 되는 게 아니다. 오히려 사과는 패자의 언어가 아니라, 진정한 승자의 언어이다.

사과에서 가장 중요한 부분은 진심을 전하여 상대의 마음을 풀어주는 거다. 형식적인 말 몇 마디 하고 마는 게 아니라, 지기 잘못을 정확히 짚고, 그에 대해 진심으로 미안함을 표현하는 것이다. 수습 방법과 재발 방지 약속까지 더해지면 더 좋다. 정말 죽어도 못 물러날 상황만 아니라면 한 번쯤은 뒤로 물러나 먼저 사과해보자. 누구 잘못이 더 큰가를 따지기보다 먼저 사과하는 쪽을 택하면 상대도 깨달음을 얻어 갈등을 원만하게 해결할 수 있다. 먼저 사과할 때에 당사자들 사이에 피어나는 영롱한 감정, 그 맑고 따뜻한 관계 회복의 순간을 꼭 한 번쯤은 경험해보았으면 좋겠다.

오늘 할 전화를 내일로 미루지 말자

어릴 적 할머니의 손을 잡았던 기억이 난다. 손등의 살가죽은 탄력이 없고 뻐득뻐득했다. 그 감촉이 너무 신기해서, 나는 할머니의 얇은 손등을 쭉쭉 늘리며 장난을 쳤다. 그때의 인상이 꽤 강했는지, 그 감촉이 지금까지도 내 손끝에 또렷하게 남아 있다. 그 아이는 시간이 지나며 소년이 되었고, 점차 머리가 굵어졌다. 원래는 부모님 손도 잘 잡고 다니고, 스스럼없이 뽀뽀도 하며 지냈는데, 사춘기에 접어들면서부터 그런 행동이 부끄럽게 느껴지기 시작했다. 무뚝뚝한 아들이 되어 애정 표현은커녕 말수도 줄어들었고, 어느 순간부터는 손 한 번 잡지 않게 되었다. 또 그렇게 시간은 흐르고, 대학을 졸업하고 군 복무도 마친 뒤, 직장에 들어가 어엿한 사회인이자 대한민국의 삼십 대 청년으로서 바쁘게 살아가고 있었다.

그런데 영원한 건 존재하지 않았다. 절대 막을 수 없는 그 순간이 점차 다가왔다. 할머니 몸 여기저기에 병환이 찾아오기 시작했다. 처음엔 그저 노환인 줄 알았지만, 점점 병세가 깊어졌고 결국 병원에서 생활하시게 되었다. 그렇게 일 년쯤 보내셨을까, 희미한 의식 속에서도 아들과 딸, 손주들의 이름을 부르시던 할머니는 어느 날, 아주 조용히, 마치 깊은 잠에 들듯 세상을 떠나셨다. 할머니가 돌아가신 당일이 또렷이 기억난다. 전화를 받고 엄마와 정신없이 병원으로 달려갔다. 응급실로 향하는 계단에서 엄마는 울며 온몸을 떨었다. 그 모습을 보는데 마음이 미어지는 것 같았다. 한동안 부끄러워서 잡지 못했던 손을 잡아드리고 싶었다. 용기를 내어 엄마의 손을 꼭 잡았는데, 그 순간 깜짝 놀랐다. 내가 잡은 건 엄마의 손이 아닌 할머니의 손, 어릴 적 기억 속의 부드럽고 따뜻한 손이 아니라 탄력이 없고 뼈득

뻐득 거친 살결이었다.

　그때 깨달았다. 엄마도 늙어가고 있다는 사실을. 생각해보니 지금 엄마의 나이가 기억 속 할머니의 나이와 비슷해졌다. 어릴 적, 나는 세상이 무서울 때마다 '엄마한테 이를 거야'라고 생각했고, 엄마는 정말로 모든 걸 해결해주는 전지전능한 존재였다. 세상에서 가장 강한 사람이었다. 그런데 이제는 그 손에 힘이 빠졌다는 걸, 세월이 흘러 할머니의 손이 되었다는 걸 실감했다. 지나온 그 긴 시간이 이렇게 짧게만 느껴지는데, 어느새 정신 차리고 보면 이 세상에 부모님이 계시지 않을 수도 있겠다는 생각이 들었다.

　시간은 늘 무심하게 흘러가고, 우리를 기다려주지 않는다. 머리가 커지고서는 무뚝뚝해서 손 한 번 안 잡아드리고, 사랑한다는 말 한마디 못 드렸다. 지금도 쉽진 않다. 하지만 분명한 건, 더 나이 들면 지금보다 더 못 하게 된다는 사실이다. 딱 한 번만 용기를 내면 된다. 처음이 어렵지, 한 번만 "사랑해요"라고 말해보면 그다음은 훨씬 쉽다. 지금 당장 전화해서 부모님의 목소리를 들어보자. 타지에서 살면 부모님을 뵈러 한 번 왔다 갔다 하기에도 시간과 체력, 비용이 많이 든다는 거 안다. 그래도 가능한 자주 가자. 나중에 후회하지 않으려면 볼 수 있을 때 부모님 얼굴을 봐둬야 한다.

부모님께 여쭤보면 아직도 내가 아장아장 걷던 시절을 생생하게 기억하시더라. 그 시절 걸어가다 넘어져 우는 우리를 부모님이 안아주셨던 것처럼, 이제는 우리가 부모님을 안아드릴 차례다. "살기 바빠서 신경을 많이 못 써드려서 미안해요"라고 진심을 담아 말하고, 꼭 안아드리자.

가끔 그런 상상을 한다. 훗날 내가 이 세상을 떠나기 전 신이 단 한 번 원하는 시절로 돌아갈 수 있게 해준다면, 1초도 망설이지 않고 말할 것이다. "엄마, 아빠, 형아와 함께 살던 초등학생 시절, 우방아파트로 돌아가고 싶어요." 빤스에 난닝구만 입고 거실에 누워 엄마가 썰어준 수박을 먹으며 창밖에서 불어오는 바람을 솔솔 맞던 그 여름날, 그 순간으로.

ⅹⅹⅹⅹⅹⅹ
편하게 장난칠 수 있는 친구가 있다는 건

누구나 술이 들어가면 앞날과 미래에 대한 걱정과 같은 현실적인 이야기들이 흘러나온다. 특히나 아저씨들은 먹여 살려야 할 가족 이야기까지 더해진다. 물론 전부 중요한 주제들이다. 이런 이야기가 기분을 차분하고 담담하게 하며, 마음을 다잡게 해주기도 한다. 이건 분명 의미 있는 일이다.

하지만 친구들끼리 너무 진지한 이야기만 해서도 재미없다. 때론 쓸데없는 헛소리를 실컷 나눠야 한다. 그러잖아도 사회생활을 하다 보면 머릿속이 온통 복잡하고 공적인 일들로 가득 차는데, 이 모든 걸 잠시 내려놓고, 서로 장난치면서 환기해줘야 하지 않겠는가? 희대의 난제인 '세상에 문이 많을까, 바퀴가 많을까' 같은 주제로 100분 토론을 벌이는 등 가능한 한 시시콜콜하고 싱거운 이야기들을 많이 주고받는 게 좋다. 뇌의 필터를 거치지 않는 막드립을 서로 꽂으며 웃으면서 시간을 보낸다거나, 종일 쇼핑하며 이 옷이 나은지, 저 옷이 나은지 봐주는 것도 좋겠다. 카페에 앉아 커피 한 잔 마시더라도 인생을 관통하는 깊은 대화를 하기보다는 아주 표면적이고 가벼운 이야기를 나눠보자. 혹은 하루 종일 아무것도 안 하고 친구와 가만히 앉아 낚싯대나 쳐다보면서 흘려보내는 시간도 필요하다.

우리는 이런 행위들을 통해 유대와 친근감을 쌓고, 기분과 정신, 체력을 모두 환기한다. 장난을 주고받을 수 있는 편한 친구, 눈빛만 봐도 웃음이 터지는 그런 친구를 만나면, 우리는 떨어지는 낙엽만 봐도 깔깔 웃는 행복한 초등학생 시절로 잠시 돌아갈 수 있다. 짓궂은 장난도 서로 이해만 해준다면 충분히 긍정적이다. 그런 친구가 있다는 것 자체가 아주 큰 행운이다. 실제로 장난치며 웃으면 스트레스가 사라지고, 혈관 계통, 호르몬 계통 등 신체 건강에도 도움이 된다고 한다.

인생길을 열심히 달리다가 잠시 휴게소를 만난 것처럼, 호두과자 하나 까먹으면서 원초적인 '무근본 티키타카'를 주고받자. 친구와 함께하는 그 순간 만큼은 인생도, 고민도, 현실도 잠시 내려놓고 평온해질 수 있다니, 얼마나 큰 축복인가.

진부한 말이지만, 그래도 결국 인사

편의점에 들어서며 인사를 건넸다. "안녕하세요?" 그러나 알바생은 이어폰을 꽂은 채 앉아 핸드폰만 바라보고 있었다. 못 들은 건지, 듣고도 무시한 건지 모르겠지만 아무 반응이 없었다. 물건을 계산하고 나가면서도 다시 인사했지만 끝내 대답은 돌아오지 않았다. 괜히 기분이 씁쓸해졌고, 다음부터는 다른 편의점을 이용해야겠다고 생각했다.

어릴 적, 동네에서 인사를 잘하면 아저씨, 아주머니 들은 "인사성 참 밝다"라며 칭찬을 아끼지 않으셨다. 덕분에 나도 기분이 좋아졌고, 부모님 역시 "애를 어떻게 이렇게 잘 키웠냐"라며 좋은 말씀을 많이 들으셨다. 짧은 인사 한마디가 두세 배의 기쁨이 되어 돌아온다는 걸 그때 처음 느꼈다. 그런데 요즘은 서로 인사를 좀처럼 하지 않는 것 같다. 같은 아파트에 사는 주민들끼리 엘리베이터에서 마주쳐도 대부분 멀뚱멀뚱 본체만체한다. 나는 이런 분위기가 안타까워서, 늘 먼저 인사를 건네는 편이다. 엘리베이터 안에서도, 식당에 들어설 때도, 톨게이트를 지날 때도, 전화 상담을 받을 때도, 사람을 마주하면 가볍게 인사를 한다.

인사는 아주 간단하지만 효과는 대단한 도구다. 큰 수고가 필요한 것도 아니고, 오히려 뿌린 것보다 수확이 훨씬 큰 농사다. 물론 보상을 기대하고 인사를 하는 건 아니지만, 분명히 긍정적인 효과가 크다. 예절과 예의의 기본이 바로 인사다. 인사 하나만 잘해도 인성이 훌륭하다는 평판을 얻을 수 있다. 우리는 다양한 집단에 소속되어 살아간다. 학교, 직장, 모임, 동호회 등 목적은 저마다 다르지만 공통된 핵심은 '관계'다. 그리고 그 관계는 바로 '인사'에서 시작한다고 생각한다. 만나면 반갑다는 인사뿐만 아니라, 안부 인사, 축하 인사, 위로 인사, 격려 인사,

당부 인사, 감사 인사 등 인사가 관계의 전부라고 해도 과언이 아니다. 가족 간에는 사랑을, 이웃 간에는 정과 친근함을, 직장에서는 상호 신뢰를, 고객에게는 환영과 감사의 마음을 표현할 수 있다.

요구르트 업계에서 월 매출 1천만 원을 기록한 전설적인 판매자도 성공 비결을 묻자 "지나가는 사람들에게 인사했을 뿐"이라고 말했다. 직장 상사들도 결국 사람이기 때문에 인사성 밝고 예의 바른 사람은 실수를 하더라도 자상하게 알려주고, 기꺼이 기다려준다. 이것이야말로 삶을 살아가는 데 있어 큰 지혜다. 역으로 누군가 나에게 먼저 다정하게 인사를 건넨다면, 내가 아무리 기분이 안 좋더라도 무표정하게 대할 수 있을까? 컨디션이 좋지 않더라도 웃음으로 반겨줄 것이다.

쑥스러워할 필요 없다. '언제 해야 하지?' '무시당하면 어쩌지?' 고민하지 말고 그냥 능구렁이 담 넘어가듯 편하게 먼저 인사하면 된다. 못 들었다 싶으면 또 한 번 더 하면 된다. 하다 보면 서로 자연스럽게 익숙해지고 마음도 열리게 된다. 연장자든, 연소자

든, 상급자든, 하급자든 상관없이 그냥 먼저 본 사람
이 인사했으면 좋겠다. 이왕이면 눈도 맞추고, 미소
도 함께 건네며, 작은 교감을 나누면서.

✕✕✕✕✕✕
당연한 건 없다

부모님이 매일 밥을 차려주시고, 빨래를 해주시는 것, 연인이 나의 짜증과 투정을 들어주는 것, 친구가 밥을 사주고 커피를 건네주는 것, 우리가 일상 속에서 흔히 경험하는 이런 사소한 행동들을 절대로 당연하게 여겨선 안 된다. 우리는 종종 당연한 권리처럼 생각한다. '가족이라면 당연히 나를 사랑해야 하고, 연인이라면 당연히 내 편이 되어줘야 하고, 친구라면 당연히 나를 이해해야 한다.' 하지만 그것도 전부 상대의 선택이다. 자신의 시간, 노력, 마음, 사랑을 나를 위해 쓰겠다는. 사람은 저마다 다른 환경과 가치관 속에서 살아왔기에, 나와 생각이 완벽히 같은 사람은 없다. 그럼에도 누군가가 나에게 공감해주고, 내 기분을 살피고, 나와 함께 시간을 보내주는 이유는 내가 소중하기 때문이다.

관계는 절대로 일방적이어선 안 된다. 한쪽의 지속적인 희생으로 유지되는 관계는 언젠가 균형이 무너진다. 우리는 상대방을 존중하고 이해하기 위해 노력해야 하며, 서로가 '내가 무엇을 받을 수 있을까?'보다 '내가 무엇을 해줄 수 있을까?'를 고민해야 좋은 관계가 오래간다. 당장 마음속의 '당연히 여김'을 내려놓는 순간, 주변의 모든 사소한 배려가 얼마나 고맙고 귀중한지 깨닫게 된다. 그리고 진짜 소중한 사람이 보이기 시작한다.

지금까지, 그리고 지금 이 순간에도, 앞으로도 곁에 있어줄 소중한 사람들을 마음 깊이 아끼자. 작은 미소에 감사하고, 짧은 말 한마디에도 사랑을 표현하자. 그들의 마음을 헤아리고, 나 또한 그들에게 따뜻한 사람이 되자. 우리가 지금 누리고 있는 모든 것들은 그저 저절로 주어진 것이 아니다. 그 소중함을 안다면, 말로 표현해야 한다.

부끄러워도, 어색해도, 용기 내서 한 번은 꼭 말해

보자.

"고마워. 그리고, 미안해."

이 짧은 한마디가 우리를 더 가까워지게 한다.

반대로 생각하면 단점도 장점이다

한 아이가 부모님께 성적표를 건넸다.

- **국어 97점**

- **영어 100점**

- **수학 69점**

- **사회 98점**

- **과학 95점**

대부분의 과목에서 높은 점수를 받았지만, 부모님 눈에는 유독 잘 보지 못한 수학 한 과목만이 눈에 들어왔다. 놀랍게도 인간은 긍정적인 정보보다 부정적인 정보에 더 민감하게 반응한다. 이를 부정성

편향(negativity bias)이라고 한다. 이는 위험 요소를 빠르게 인식하고 제거하려는 인간의 본능에서 비롯되었다고 하는데, 아무튼 질타를 받은 아이는 주눅이 들어 자신감과 의욕을 잃어버릴지도 모른다. 만약 부모가 영어 100점을 맞은 것을 더욱 칭찬하고 관심을 주었다면, 아이는 행복해하며 자신감을 얻고, 수학도 더 열심히 해보겠다고 의지를 다졌을지도 모른다.

부정성 편향은 인간관계에서도 동일하게 작용한다. "그 사람, 하나만 빼면 진짜 괜찮은 사람이야"라는 말을 들어본 적 있을 것이다. 함께 지내다 보면 99개의 장점은 익숙해지고 단 하나의 단점만 눈에 들어와 개선해주고 싶은 욕망에 사로잡힐지도 모른다. 사실 그 단점이란 것도 각자 기준이 달라서 누군가에겐 장점이자 본받을 점으로 보일 수도 있다. 우리는 각자 고유한 특징들을 가지고 있는데 그것들이 누군가에게는 장점으로 느껴지기도 하고 단점으로 비치기도 한다.

상대방의 고유성 중 하나가 나에게 단점이라고

느껴진다면 한번 생각을 전환해보자. 즉 단점을 장점으로 생각하는 것이다. 고집이 세다는 말은 끈기가 강하다는 뜻일 수도 있다. 소심해 보이지만 사실 신중한 걸 수도 있다. 괜히 혼자 앙심을 품는 것보다는 솔직하게 삐져버리는 편이 나을 수도 있다. 이처럼 대부분의 단점을 장점으로 치환할 수 있다.

이 세상에 완전무결한 사람은 없다. 모든 것을 있는 그대로 인정하고 받아들이되, 되도록 긍정적으로 바라보는 태도가 삶을 더 건강하고 행복하게 한다. 반려동물에게는 똥만 싸도 잘했다고 칭찬해주지 않는가. 관계에서도 너그러워질 필요가 있다. 상대방의 장점을 발견하고 칭찬해주는 것이 좋은 관계를 만들고 따뜻한 세상을 이루는 기초가 된다.

한 번 친구는 영원한 친구일까

어릴 적엔 한 번 친구는 영원한 친구라고 생각했다. 의리가 세상에서 가장 중요한 줄 알았고, 전학 등으로 친구와 갑작스럽게 이별하게 되면 어린 마음에 슬픔이 컸다. 그 시절, 우리는 한동네, 한 학교, 한 반에서 오랜 시간을 함께했다. 학교가 끝나면 학원에서 또 마주쳤고, 학원 수업이 끝나면 다시 운동장에서 놀았다. 대화 주제는 늘 넘쳐났다. 게임 이야기, TV 프로그램 이야기, 축구 이야기, 옆 반에 좋아하던 친구 이야기까지. 공통분모가 많았기에 실없는 이야기들에 온종일 웃음이 넘쳤고, 시답지 않은 이유로 다투기도 했다. 하지만 싸워도 언제 그랬냐는 듯 금방 화해했다. 우리는 서로 좋아하고 계속 함께할 사이니까. 다가올 미래를 알지 못했기에, 단순한 우리 세상의 경계 안에서 마음껏 뛰놀았다. 지금 돌이켜보면, 그 단순한 행복감이 정말 귀했다.

그러나 시간이 흐르고 다들 성인이 되었다. 각자 미래를 준비하며 나름의 사고 체계를 갖게 되었고, 인생 경로는 점점 달라졌다. 누구는 대학에 진학했고, 누구는 직장에 들어가 돈을 벌기 시작했다. 어떤 전공을 공부하냐, 어떤 직업을 가지냐에 따라 각자 향하는 방향성과 보는 시각이 천차만별로 다양해졌다. 여기서부터 간극이 벌어지기 시작했고 시간이 흐름에 따라 그 틈은 점점 더 커졌다. 우리는 갈수록 세세하게 분화되었다. 대학교까지 공부한 사람, 대학원을 거쳐 석박사 과정까지 공부하는 사람, 직장을 다니며 저금만 하는 사람, 주식 하는 사람, 부동산에 투자하는 사람, 창업해서 돈을 버는 사람 등등 각기 다른 방식으로 자신의 삶을 설계했다. 또 어떤 친구는 스물다섯에 결혼해 아이를 키우는 부모가 되었고, 또 다른 친구는 마흔이 넘도록 솔로로 지내며 자기 삶을 꾸려갔다. 우리는 저마다의 속도로 인생이라는 레이스를 달리고 있었다.

오랜만에 다시 만나도 대화는 자연스럽게 각자가 속한 세계에 대한 이야기로 흘러갔다. 셋이 만났는데 기혼자 둘이 육아 이야기를 하니 미혼인 한 명은 끼지도 못하게 되었다. 각자의 관심사, 고민, 일상은 너무나 달라져 있었고, 친구로서 어떻게든 공감하려 해도 어느 순간 한계에 부닥치기 시작했다. 공감보다는 지루함, 결이 맞지 않음이 먼저 느껴졌고, 그 사실을 부정할 수 없게 되었다. 게다가 각자 삶의 터전이 달라져 자연스레 만나는 횟수도, 함께하는 시간도 줄어들었다. 자연스럽게 서로의 삶에서 조금씩 잊혀 가는 관계가 되었다.

하지만 이는 결코 이상하거나 슬픈 일만은 아니다. 가치관과 삶의 속도, 성숙도가 달라지면서 거리가 생기는 건 너무나 자연스러운 현상이다. 사람에 따라 이런 변화가 섭섭할 수도 있지만, 진정한 친구라면 이 과정을 담담히 받아들일 수 있을 것이다. 그리고 아주 가끔, 문득 떠오른 친구의 뒷모습을 바라보며 조용히 말해주면 된다.

"나 여기 있어."

그 말 한마디에, 오랜 친구도 뒤돌아보며 방긋 웃어줄 것이다. 그게 우리를 이어주는 진짜 의리 아닐까.

사귈 때도 마음대로,
버릴 때도 마음대로라니

그런 사람들이 있다. 호불호가 뚜렷하고, 인간관계에 확고한 기준이 있는 사람들. 이들은 자신의 마음속에 울타리를 쳐놓고, 좋아하는 사람들을 인형 뽑기 하듯 하나씩 골라 그 안에 넣는다. 울타리 안에 들어온 사람은 '내 사람'으로 간주되어 잘해줘야 할 대상이 되고, 울타리 밖에 있는 사람은 어떤 일이 일어나든 전혀 관심 없는 '타인'으로 여긴다. 매우 명확한 이분법적 태도다.

과연 이게 좋은 걸까, 나쁜 걸까? 사람마다 생각은 다르겠지만, 보통 이런 방식의 소통은 대부분 '일방향'이다. 상대의 의사와 상관없이 마음에 드는 사람을 자신의 방식대로 울타리 안으로 끌어들이고,

잘해주고 챙기고, 맛있는 것도 사주고 선물도 한다. 겉보기엔 참 좋은데 그 모든 게 일방통행이라면, 오히려 상대에게는 부담이 될 수 있다. 쿵짝이 맞아서 서로 즐거우면 다행이지만, 그렇지 않다면 그 관계에는 반드시 '소통'이 필요하다.

사람의 마음은 결코 무조건적인 희생으로 유지되지 않는다. 아무리 "대가를 바라지 않는다"라고 해도, 내가 이렇게까지 잘해줬는데 상대 반응이 기대에 못 미치면 실망하는 게 인지상정이다. 본인은 잘되길 바라는 마음에서 조언하고 챙겨준다고 생각하지만, 상대가 원하지 않으면 그저 '잔소리'일 뿐이다. 이렇게 해라, 저렇게 해라 간섭하고 통제하면서 울타리 안에 가둬두려 하고, 뜻대로 되지 않으면 화를 내며 주인 행세까지 한다. 하지만 모든 사람은 자기만의 인격을 가진 존재다. 당신이 아무리 잘해주고 싶어서 그랬다 해도, 타인의 삶에 간섭할 권리는 없다.

더 문제는 이렇게 일방적으로 울타리 안에 들였다가 자신의 기대와 다르면 다시 갈고리로 집어내

   ❸장 | 에너지 뱀파이어 없는 세상을 꿈꾸며

울타리 밖으로 던져버린다는 점이다. 혼자서 상처받고 실망하더니, 이젠 마음대로 선 긋고 관계를 단절해버린다. 결국 그것도 이기적인 행동이다. 굳이 이상한 의무감에 사로잡혀 사람들을 '내 사람' '남의 사람'으로 나누고, 울타리 안팎으로 구분해서 대할 필요는 없다. 당신이 세워놓은 그 울타리가 널따란 초원이라고 착각하지 마라. 실제로는 좁디좁은 틀일 수 있으니까. 그리고 그 밖은 절벽일지도 모른다.

이별에 능숙한 사람이 어딨어

연인과 이별했다. 며칠 동안 밥을 제대로 못 먹고, 잠도 설쳤다. 답이 오지 않는 대화방에 몇 번이고 들어가 우리가 나눴던 이야기들을 훑어본다. 사진들을 삭제해야 하는데 혹시나 하는 마음에 그러지 못하고 있다. 아침마다 잘 잤냐며 와 있던 연락에 길들여졌던지라 나는 요즘 눈을 뜨자마자 쓸쓸함을 느끼며 하루를 시작한다. 우린 질릴 만큼 싸웠다. 그럼에도 맞춰가며 지냈는데, 더 이상은 맞출 힘조차 없을 정도로 지쳤다. 이별하기 전에도 미리 가늠해봤다. 우리가 헤어진다면 내가 얼마나 아플지. 그땐 괜찮을 줄 알았다. 하지만 막상 부딪히고 나니, 이별은 역시 아프다. 몇 번을 겪어도 능숙해지는 법이 없다.

내가 아프면 가장 걱정해줬던 사람이 나를 가장 아프게 했다. 슬픔도, 미움도, 미련도 없는 것 같다가도… 사실은 다 남아 있다는 걸 깨닫게 된다. 나조차 내가 무슨 상태인지 모르겠다. 울다가 웃고, 웃다가 멍해지고, 정신없이 감정의 파도에 치이며 나만의 시공간에 갇혀 지내고 있다. 그때 내가 이렇게 말했더라면, 이렇게 행동했더라면 달라졌을까? 이별은 바꿀 수 없는 현실이라는 걸 알면서도 바로잡았더라면 어땠을까, 라며 자꾸 다른 가능성을 곱씹어본다.

내 세계를 함께 이루었던 누군가가 떠난다면, 그건 내 세계 하나가 송두리째 사라진 것이다. 그것도 단 하루 만에, 그 밤을 끝으로 떨어져 나갔으니 상실감이 어마어마하다. 매일 연락하고 데이트하고 일상을 가장 많이 공유했던 사람이 사라져버렸다. 그 빈자리의 공허함은 쉽게 채워지지 않는다. 상대에게 맞춰져 있던 일상을 오롯이 나 혼자만의 것으로 되돌린다는 게 생각보다 쉽지 않다.

처음 만났던 순간이 또렷하다. 옷차림, 계절의 온

도, 함께 먹었던 음식의 맛까지도 기억난다. 정말 사소한 것들인데, 왜 이렇게 선명한 걸까. 너에게 흐트러진 모습을 보이지 않으려고 식사 중에도 핸드폰의 어두운 화면에 비친 내 얼굴을 확인하곤 했다. 그런 나를 보며 "왜 자꾸 시간을 봐? 다른 약속 있어?" 웃으며 묻던 네 모습이 아직도 눈에 선하다. 그때의 나는 너의 모든 모습을 사랑했다. 하지만 시간이 지나 익숙해지자, 사랑스러웠던 모습들이 조금씩 거슬리기 시작했다. 아마 우리 둘 다, 처음처럼 서로를 바라보지 못하게 되었던 거겠지. 설렘이 익숙함이 되고 익숙함이 무뎌짐이 되고, 그 무뎌짐이 서운함이 되었던 것 같다. 우리 사이에 스며든 거리감을 받아들이지 못하게 되었고, 기대보다는 포기가 먼저였지. 그런 변화가 어쩌면 이별의 시작이었을지도 모른다.

이별은 아무리 준비해도 능숙해질 수 없는 일이라는 걸 이젠 안다. 서툰 이별을 했다는 사실이 우리의 모든 시간을 부정하진 않는다. 그 시간들이 내게 소중했고, 네가 나의 마음 깊은 곳에 머물렀다 떠

    ❸장 | 에너지 뱀파이어 없는 세상을 꿈꾸며

났다는 걸 받아들이려 한다. 너로 인해 많이 웃었고, 많이 사랑했고, 나를 더 들여다볼 수 있었다. 전부 좋은 경험이자 추억이다. 그 감정을 억지로 지우고 싶진 않다. 그냥 마음 한켠에 놔두고 싶다. 누구나 서툴게 사랑하고, 서툴게 이별한다. 그래도 그 마음이 진심이었다면, 이 사랑은 실패가 아닐 것이다. 그렇게 생각하며 오늘 나를 좀 더 사랑하는 법을 배운다.

✕✕✕✕✕✕

국룰을 버리자

국룰(國rule)은 '국민 룰'의 줄임말로, 정식으로 규정된 것은 아니지만 사회적으로 유행하는 암묵적인 규칙이나 행위를 의미한다. 영어로 치면 common rule 정도로 해석할 수 있다. 요즘 많은 사람이 무언가를 선택하거나 행동할 때, 국룰을 기준 삼는 경우가 많다. 예를 들어 식당에 가서도 자신이 먹고 싶은 걸 고르기보다는 사람들이 추천한, 말 그대로 '국룰 메뉴'를 따라 주문하고, 심지어 자신만의 조합을 만들어 먹어야 제맛인 서브웨이에서조차도 남들이 만든 '국룰 조합'대로 먹는다.

물론 실패 없는 선택을 위해 정보를 수집하고 통계와 리뷰를 활용하는 태도는 현명하다. 세상이 만들어놓은 데이터와 평균치를 참고하는 건 분명 더 나은 선택을 하는 데 도움이 된다. 하지만 한편으로는 그런 기준에 지나치게 얽매여 자율적인 판단이나 새로운 시도를 하지 않는나는 점이 안타깝기도 하다.

행복을 찾아 떠난 후쿠오카 여행. 무조건 국룰대로 캐널시티에 가고, 국룰대로 모모치 해변을 거쳐, 라멘을 좋아하지도 않지만 '국룰이니까' 이치란 라멘을 먹는다. 다른 사람들이 정해놓은 여행 루트를 그대로 따라가며, 마치 스탬프를 모으듯 정해진 코스를 소화한다. 이게 새로운 도시의 분위기와 문화를 느끼기 위해 떠난 여행인지, 아니면 누군가 만들어놓은 일정을 완수하러 간 미션 수행인지 헷갈릴 지경이다. 호캉스도 마찬가지다. 비싼 돈을 들여 여유롭게 쉬러 간 그 자리에서조차, 체크인하자마자 국룰대로 애프터눈티 세트를 먹고, 국룰대로 수영장에 들어가고, 해가 지면 국룰대로 해피아워를 즐긴다. 저녁을 먹고 나서는 국룰대로 라운지에 들러 위스키 한 잔을 마시고, 국룰대로 평소 하지도 않던 헬

스장에 가서 러닝머신을 뛴다. 그렇게 모든 코스를 끝내고 드디어 잠에 드나 싶지만, 다음 날 아침 여섯 시 국룰대로 조식을 먹기 위해 졸린 눈으로 억지로 피곤한 몸을 일으킨다. 이쯤 되면 의문이 든다. 이건 정말 쉬러 간 걸까, 아니면 또 하나의 숙제를 하러 간 걸까.

이런 '국룰 따라 하기' 정도라면 그나마 웃으며 넘어갈 수 있다. 하지만 문제는 우리 삶의 방향조차도 국룰에 의해 지배받는다는 것이다. 어떤 대학을 나오고 어떤 직업을 가지며, 어떤 사람과 결혼하여 아이는 어떻게 키워야 하는지, 또 노후는 어떻게 준비해야 하는지까지 모든 일에 답이 정해진 것 같다. 많은 사람이 가는 그 길이 안정적일 순 있지만, 그것이 과연 각자의 삶의 목적과 추구하는 가치에 꼭 들어맞는다고 말할 수 있을까?

눈이 많이 내린 날, 사람들이 지나간 길을 따라 걷는 것이 안전해 보일 수 있다. 하지만 꼭 그렇지만도 않다. 이미 여러 사람의 발에 다져져 얼어붙은 길이 더 위험할 수 있다. 오히려 옆에 있는 눈 쌓인 길이 폭신폭신해서 덜 미끄러울 수 있다는 것. 인생도 마찬가지다. 방향성을 갖고 정진하는 건 중요하지만, 꼭 모두가 가는 고속도로를 탈 필요는 없다. 때로는 국도로 빠져 산을 넘고 바닷길을 달려보고, 자전거로 갈아타보기도 하고, 천천히 걸어가보기도 해야 한다. 여기저기 부딪혀보기도 하면서, 나만의 리듬으로 가보는 거다.

내 인생인데 왜 모든 걸 남이 정한 틀에 맞춰 가야 할까? 국룰에 얽매여 아등바등하며 스트레스받지 말고, 나만의 방식으로 새로운 길을 찾는 용기를 가져야 한다. 물론 실패하고, 손해를 보고, 기회비용을 날릴 수도 있다. 하지만 되레 내 삶을 확장하여, 지금껏 몰랐던 쾌감과 성과를 가져다줄 수도 있다.

더 이상 나를 속박하지 말고, 선택지를 늘리자. 그리고 진짜 나다운 선택을 하자. 그것이 바로 틀에 갇히지 않는 삶, 진짜 자유로운 인생이다.

낭비라는 낭만

"낭만은 낭비하는 거라고 봐요. 낭비해야 돼. 시간이든, 돈이든, 감정이든 뭐든지 효율적인 것과는 괴리가 있어야 해. 남들이 보면 그러겠지. '저걸 왜 해?' '이게 무슨 돈이 된다고?' '연애하면 돈 쓸 일만 있는데 왜 해?' 답은 하나예요. 난 너무 좋으니까."

언젠가 김풍 작가가 한 말이다. 맞다. 무척 공감한다. 생산성에 대한 압박으로 가득한 팍팍한 세상을 살아가려면 낭만은 필수불가결하다. 어버이날이나 연인과의 기념일에 선물하는 꽃다발. 며칠이면 시들어버릴 운명이란 걸 잘 알고 있다. 몇 만 원이나 주고 사서 며칠 뒤면 쓰레기통으로 들어갈 운명인데 차라리 티셔츠 한 장을 선물하는 게 낫지 않나? 하지만 그럼에도 불구하고 꽃을 사는 마음에는 실용성이나 합리성으로는 계산할 수 없는 감정이 담겨 있다. 어떤 꽃을 좋아할지 고민하고, 어울리는 포장지를 고르고, 언제 전할지 타이밍을 계산하고, 마침내 건넬 때 그 손끝의 떨림까지. 수많은 사랑의 감정이 꽃 선물의 모든 순간에 고스란히 담겨 있다. 이게 바로 낭만이다.

에어컨 잘 나오고, 모든 것이 세팅되어 있는 글램핑 가면 되는 걸 왜 힘들게 캠핑을 갈까? 수십 킬로그램에 달하는 장비들을 이고 지고 집에서 차로, 차에서 캠핑장으로 나르고, 손수 텐트를 포함한 모든 장비를 세팅한다. 물도 없고, 개수대도 없다. 불을 피우고, 고기를 굽고, 등줄기에 땀을 흘려가며 밥을 지어 먹는다. 춥고, 덥고 벌레가 들끓고, 잠자리는 불편하고, 씻지도 못하고 하루를 넘긴다. 불편하다. 너무너무 비효율적인 노동이다. 하지만 그 불편 안에는 분명 낭만이 존재한다. 함께 짐 나르고, 텐트 치고, 같이 불 피우며 웃고 떠들고, 밤하늘의 별을 바라보며 맥주 한 잔 마시고. 사랑이 될 수도 있고 우정이 될 수도 있지만, 서로의 얼굴을 바라보며 교감하는 그 모든 순간이 낭만이다.

인간은 결코 효율만을 추구하는 존재가 아니다. 단순히 결과물만 보는 게 아니라, 그 결과물을 내기까지의 과정에서 얻는 감정, 연결감, 몰입감, 경험 등 전부로부터 말로 형용할 수 없는 아름다운 감정들을 느낀다. 우리는 이러한 기쁨을 얻기 위해 일부러 낭비를 선택한다. 놀랍게도 이 멍청하고 무의미한 행동들에서 더 큰 의미가 피어난다. 원인을 분석해야만 결과가 도출되는 게 아니다. 이처럼 자연스럽게 흘러감 속에서 '그저 살아가는 것' 이상의 의미를 발견할 수 있다.

때로는 아침에 일어나서 커피 한 잔 마시면서 시간을 낭비하고, 목적지 없이 산책하며 세상을 오감으로 받아들여보자. 사랑하는 이와 "오늘 뭐 해 먹지?" 이야기를 주고받으며 소소한 일상의 사랑스러움을 느끼자. 연인 얼굴 십 분 보기 위해 한 시간 동안 달려가는 건 결코 지겨운 길이 아니다. 만남의 설렘으로 가득한 도로는 마치 벚꽃 터널 같을 테니. 분

석하지 말고, 따지지 말고 본능에 맡겨라.

낭만과 낭비는 똑같이 '물결 낭(浪)' 자를 쓴다. 남는 게 있을지 없을지는 모르겠으나 둘 다 마음속에 스며드는 건 있다. 효율로 설명할 수 없는 감정, 사랑, 기억 등이 인생에 깊이를 더하고 숨을 불어넣어준다. '비효율의 결정체'로 살아가도 된다. 가성비가 아닌 '감성비'를 꾸준히 찾아다니자. 그것이 피폐해가는 인생에 한줄기 단비가 될 테니까.

에필로그 : ××××××××××××××××

×××××××××××××××××××

×××× 우리가 ×××××××××××

×××××××××××××××××××

×××××××××× '손절의 기술'을 ×××

×××××××××××××××××××

×××××××××××××××××××

××××× 배우려는 ××××××××××

××××××××××××××××× 이유는 ×××

×××××××××××××××××××

×××××××××××××××××××

×××××××××××××××××××

×××××××××××××××××××

×××××××××××××××××××

×××××××××××××××××××

×××××××××× '손절의 기술'을 ×××

×××××××××××××××××××

××××××××××××××××××××

책의 첫 장을 넘길 때만 해도 '아, 이 작가 오늘 누구 하나 제대로 잡으려나 보다' '욕 한 번 시원하게 하려나 보다' 싶으셨죠? 네, 맞습니다. 솔직히 저도 글을 쓰는 내내 나를 괴롭혔던 빌런들을 떠올리며 속으로 침 좀 뱉었습니다. 물론 가려운 부분을 긁어주는 것도 좋습니다만, 제가 이 책을 쓰는 진짜 목적은 따로 있었습니다. 고민했습니다. '어떻게 하면 이 험난한 세상 속에서 구겨지고 너덜너덜해진 우리의 마음을 다시 빳빳하게 다려낼 수 있을까?'

생각해보면, 우리는 참 피곤하게 삽니다. 무례한 인간들에게 뒤통수를 맞아도 '내가 예민한가?'라며 자책하고, 거절 한 번을 시원하게 못 해서 밤잠을 설

　　에필로그 | 우리가 '손절의 기술'을 배우려는 이유는

치기도 하죠. 하지만 언제나 해결법은 간단합니다. 두 가지면 충분합니다. 첫째, 내 소중한 마음의 VIP 석에 아무나 들여보내지 않는 것. 둘째, 내 감정의 리모컨을 절대 남의 손에 쥐여주지 않는 것.

무의미한 껍데기 인연들에게 아까운 에너지를 낭비하지 마세요. 남들이 정해놓은 정답지에 공감하지도 않는 정답을 억지로 써내지 마세요. 내가 하고 싶은 걸 당당하게 선택할 만큼 뻔뻔해지시기를 바랍니다. 내 부족한 점까지도 '뭐 어때, 이게 나인데' 하며 긍정적으로 받아들이고, 가끔은 혼자 있는 시간을 즐기는 그 일이 우리를 단단하게 하고 '진짜 어른'으로 만듭니다. 타인의 박수 소리에 목매지 않고 스스로 자신을 인정하며 가장 뜨거운 박수를 보내는 그 순간, 세상의 시선이라는 무거운 짐을 내려놓을 수 있습니다.

우리가 '손절의 기술'을 익히고자 하는 이유가 단순히 누군가와의 싸움에서 이기기 위해서만은 아닐 거라고 생각합니다. 설사 캄캄한 밤길을 홀로 걷게 된다 하더라도 내 손에 든 작은 등불 하나를 잃지 않겠다는 의지, 그걸 믿고 끝까지 가보려는 용기를 지키기 위함이겠지요. 이 책이 스스로를 들여다보고 격려하는 계기가 된다면 좋겠습니다.

조금 서툴고 늦되면 어떤가요. 삶이란 수많은 풍파의 연속인데 무너지지 않고 살아냈다는 것만도 충분히 대단합니다. 그러니 그렇게 대견하고 소중한 자신을 스스로 지켜주세요. 나에게 상처를 주는 사람들과 내 안의 부정적인 사고방식들과 확실하게 선을 긋고 자기 자신에게 가장 아늑한 쉼터가 되어주셨으면 좋겠습니다.

언제까지나 여러분만의 행복을 응원합니다.

박정한